세계의 호수

세계의 호수

정용준 소설

arte

차례

1.

 다음 날 로비에서 만나기로 하고 방으로 올라갔다. 침대에 캐리어를 놓고 그 옆에 누워 눈을 감았지만 잠이 오지 않았다. 전날 거의 못 잤고 비행기에서도 못 잤다. 하지만 눈두덩만 뜨거울 뿐 정신은 또렷했다. 낯선 도시 낯선 호텔 침대에 누워 있으려니 기분이 묘했다. 침대에 엎드려 프런트에서 받은 팸플릿을 봤다. 호텔 모차르트. 역사는 백 년쯤 됐고 나머지는 무슨 말인지 모르겠는 독일어가 적혀 있었다. 뒷면엔 지나치게 요약된 빈의 지도가 있었다. 지도 앱을 열어 검색창에 빈을 입력했다. 주요 지역에 이미지가 표시되어 이해가 쉬웠고 볼 맛이 났다. 호텔을 나가 2백 미터만 가면 대성당이 있고 광장엔 잘 구운 소시지를 파는 푸드 트럭과 맥주를 파는 야외 펍들이 길을 따라 늘어서 있으며 거리 예술가들은 모자를 놓고 마임을 하거나 바이올린을 켠다. 미술관엔 클림트와 에곤 실레의 진품이 걸려 있다. 손가락을 움직일 때마다 유럽이 움직였다. 체코, 포르투갈, 프랑스, 스위스에서 손가락이 멈췄다. 잠시 물끄러미 보다가 확대했다. 많이 들어본 도시가 눈에 띈다. 베른. 취리히. 로잔. 제네바. 한 번 더 확대했다. 모르는 지역까지 나타난다. 장크트갈렌. 스위스 북동쪽 끝에 위치한 작은 도시. 바로 옆에 내가 있는 오스트리아가 있다. 지도상으로는 일산과 서울처럼 가깝게 느껴진다. 이상하게 마음이 울렁거렸다. 나 빈에 왔어. 빈에 왔다고. 누구에게 하는 말인지, 왜 그 말을 하는지도 모른 채, 나는 중얼거렸고 충동적으로 메일을 열었다.

안녕. 잘 지냈는지. 너 장크트갈렌에 있다는 소식

들었어. 지금도 살고 있는지는 모르겠다. 나 빈에 왔거든. 그냥 가까운 곳에 있으니까 생각났어. 보고 싶은 것 같기도 하고.

10초쯤 보내기 버튼을 바라보다가 눌렀다. 그러곤 잠시 드러누워 천장을 보다가 벌떡 일어났다. 발신 취소를 하려 했는데 안 됐다. 메일 서버가 달랐다. 내가 미쳤나. 손으로 뺨을 두 대 때리고 초조하게 방을 어슬렁거리다 벽에 이마를 대고 호흡을 골랐다. 7년 동안 한 번도 연락하지 않았다. 무주의 마지막 말이자 부탁이 그거였다. 절대 연락하지 마. 부탁이야. 그런데 세상에 무슨 치매도 아니고. 별의별 상황에서도 참고 감정이 세게 올라올 때도 넘겼는데 이렇게 느닷없이…… 뭐? 생각이 났어? 보고 싶은 것 같기도 해?

슈테판 대성당 앞에서 사진을 찍고 케른트너 거리

의 야외 펍에 앉아 맥주에 소시지를 먹으려 했다. 어
차피 잠이 올 것 같지도 않고 해서 한 바퀴 둘러보
려 했다. 컨디션에 따라 자연사 박물관과 미술사 박
물관을 관람하거나 국회의사당을 보는 것도 좋겠
다 싶었다. 그러나 막상 광장 한복판에 서 있게 되니
뭔가에 짓눌리는 느낌이 들었다. 거리는 넓었고 각
국에서 도착한 관광객은 많았다. 오래된 건물 앞에
서 포즈를 잡고 사진을 찍는 들뜬 표정들. 강렬하다
못해 투명하게 사물의 윤곽을 지우는 태양 광선. 어
째서인지 그 속으로 들어갈 자신이 없었다. 빈에 왔
다. 지금 나는 빈에 있다. 하지만 감각이 없다. 보이
는 모든 것들이 그저 엽서의 예쁜 이미지 같고 티브
이로 여행 다큐멘터리를 감흥 없이 보고 있는 것처
럼 현실감이 나지 않는다. 나와 외부 사이에 투명한
막이 있는 것 같다. 현기증이 느껴졌다. 혈압이 높아
져 피 도는 소리가 귓가에 울렸다. 도망치듯 좁은 골
목으로 들어가 벽에 등을 기대고 서서 길게 숨을 내

쉬었다. 하얀색 조리복을 입은 터키인이 지저분한 하얀 개와 놀다 말고 경계하는 눈으로 나를 봤다. 나는 가볍게 손을 들어 억지 미소를 지으며 괜찮다는 신호를 보내고 허리를 폈다. 오늘은 푹 쉬세요. 여긴 오후여도 한국은 새벽이에요. 민영 씨 말을 들어야 했을까?

숙소로 돌아와 창가에 앉아 어두워지는 하늘을 봤다. 어디선가 종소리가 울리고 희미하게 오르간 소리도 들렸다. 다시 메일을 확인해봤다. 답장은 없었다. 베개에 얼굴을 묻고 손으로 머리를 감싸 안았다. 스스로에게 의문을 품은 채 묻고 또 물었다. 대체 왜 그런 거야. 나에게 배신을 당한 기분이다. 화가 난다. 짜증이 나서 머리가 돌아버릴 것 같다. 그간의 시간과 노력을 무시하듯 이럴 수는 없는 거다. 이미 약해진 생각은 작은 터치에도 부서지는 법. 그 시절을 기억하게 하는 것들이 산발적으로 떠올랐고 생각조차 하기 싫은 기억까지 모조리 펼쳐졌다.

내가 싫어진 거야? 그러니까…… 헤어지자고?

두 개의 질문에 무주는 빤히 나를 보기만 할 뿐 아무 말도 하지 않았다. 뒤돌아서며 한마디 했을 뿐이다.

비겁한 새끼. 기다렸다는 듯이…… 절대 연락하지 마. 부탁이야.

초청을 받았다. 빈 대학 한국학과에서 내 단편 시나리오를 번역하겠다고 했다. 영화진흥위원회와 번역원이 공동으로 진행하는 해외 교류 사업 중 하나인 시나리오 번역 프로그램의 공식 명칭은 '번역 실습 워크숍'. 번역 수업을 개설해 학생들과 교수가 한 학기 동안 내 시나리오를 번역하고 가상으로 각색과 연출까지 해보는 것이다. 마지막 수업 땐 작가를 초청해 작품에 관한 의도와 비하인드 스토리를 듣고 학생들이 번역 과정 중 궁금하던 것을 묻는 식이었다. 프로그램 기획 의도를 설명하는 번역원의 안내를 들었을 때 바로 오케이 한 건 그곳이 빈이기 때문이었다. 오스트리아의 수도. 소시지와 커피가 유명하고 최고 수준의 오케스트라를 경험할 수 있는 실내악 연주회가 열리는 곳. 〈사운드 오브 뮤직〉과 〈비포 선라이즈〉의 배경이 된 도시. 심리의 지도를 세밀하게 그려내는 슈테판 츠바이크가 태어난 곳. 특히 빈 대학은 토마스 베른하르트와 미카엘 하네케의 모교다. 그러나 기대감은 빈 대학에서 보내준 행사 계획 자료를 보고 차갑게 식고 말았다. 번역이 잘됐는지는 알 수 없으나 연출 아이디어는 엉망진창이었다. 배우는 모두 드라마에 출연한 적 있는 아이돌 가수로 채워져 있었고 스토리와 무관하게 남자와 여자가 나오는 신은 모두 로맨스였다. 드라마에서 자주 나오는 카페나 고궁, 벚꽃이 날리는 벤치가 배경에 꼭 포함됐다. 비루하기 짝이 없는 반지하 단칸방도 평상이 있는 옥탑방으로 바꾸어놓았다. 공항에서 시무룩한 얼굴로 자료를 넘겨보는데 통역을 맡은 민영 씨가 말을 걸었다.

이상하죠.

이상하다는 말이 무엇을 뜻하는지 몰라 그저 웃기만 했다. 통역 및 행사 진행을 맡은 번역원 직원인 민영 씨와는 공항에서 처음 만났다. 2개월 넘게 통화하고 메일을 주고받았기에 정서적으로는 친해졌지만 실제로 마주하니 어색했다. 아직은 그의 캐릭터를 판단할 수 없었고 번역원 관계자에게 프로그램에 관련된 불만을 표하는 것은 아무래도 조심스러웠다. 민영 씨가 말을 이었다.

각색이야 자유롭게 할 수 있지만 분위기와 톤을 이렇게 바꾸어놓으면 곤란하죠.

나는 긍정도 부정도 하지 않고 고개만 끄덕였다. 38년 동안 살면서 깨닫게 된 몇 안 되는 진리 중 하나. 잘 모르는 이가 편을 들어주고 마음을 헤아려주는 말을 하면 경계해야 한다. 그렇죠. 내 말이 그 말이에요, 라고 속에 있는 말을 순진하게 꺼내면 그 말은 빠르게 주위를 돌아다니며 와전되고 나쁘게 이용된다. 예전에 박 감독 성격 이상하지 않느냐는 최 감독 말에 그런 면이 없지 않아 있죠, 라고 답했다가 정확히 일주일 뒤에 나는 열등감에 절어 뒤에서 박 감독을 씹고 다니는 바보 멍청이가 되어 있었다. 민영 씨는 비행기 티켓을 가지런히 모으며 말했다.

그런데 생각해보니 이해는 돼요. 애들이잖아요. 학생들이 주로 1학년, 2학년이래요. 그러니까 스무 살, 스물한 살이죠. 한국학과에서 주로 다루는 게 드라마랑 케이 팝이니까 아무래도 그런 식으로밖에 각색될 수 없겠다 싶어요.

민영 씨는 나보다 나이가 여섯 살 많다고 알고 있는데 외양만 보면 또래처럼 느껴졌다. 그에게는 꼼꼼하게 자신을 가꿔온 사람의 청결하고 엄격한 느낌이 났다. 모자부터 플랫슈즈까지 깔끔하고 세련됐다. 빈 대학으로 향하는 동안 민영 씨는 불필요한 말을 하지 않았다. 이따금 작은 소리로 괜찮으세요, 라고 내 상태를 체크하는 것 외에는 버스에서도 트램에서도 조용했다. 내가 어떤 건물에 오래 시선을 두면 명칭을 알려주고 간략한 설명을 덧붙이는 정도였다. 그게 좋았다. 그는 억지로 거리를 좁히려 하지 않았고 어색한 침묵의 공기를 수다로 없애려 하지 않았다. 일반적으로 지원 사업과 관계된 직원들은 필요 이상으로 저자세가 몸에 배어 있었다. 말끝마다 선생님, 감독님을 꼬박꼬박 붙여가며 애써 존중해주려는 태도는 고맙지만 슬펐다. 존중하지도 않는데 억지로 친절과 예의를 짜내야 하는 모습은 애처로웠다. 처음부터 저러진 않았을 거고 긴 시간 예술가랍시고 꼰대짓 하는 인간들이 하도 괴롭혀대서 그런 태도를 장착했을 것이다. 그런데 민영 씨에게는 그런 모습이 없었다. 그런 것들을 모두 초월한 상태. 무례하지도 인색하지도 않은 가장 적당한 선에 정확하게 서 있는 사람이었다.

　늦은 아침 빈 대학은 한산했다. 개를 데리고 다니
는 노인과 헤드폰을 쓰고 조깅 하는 남학생과 자전
거 타는 여학생, 옆구리에 책을 끼고 느리게 걸으며
대화를 나누는 노교수까지 그동안 유럽 하면 떠올
릴 수 있었던 클리셰 같은 이미지가 이곳에선 자연
스러운 실제였다. 한국학과는 캠퍼스 가장 안쪽에
위치한 인문학부 건물 3층에 있었다. 어딜 가나 인
문학부는 학교 가장 안쪽에 있다. 시나리오 쓰는 이
작가는 인문학부가 대학교의 심장과도 같아서 그
렇다고 말했지만 무주는 뚱한 표정으로 시니컬하게
대꾸했다. 심장이요? 그건 오버고 처치 곤란이겠죠.
유행이 지나 당장 입고 다닐 순 없는, 하지만 워낙
비싸게 사서 버릴 수도 없는, 뭐랄까 옷장 속 더플코
트 같은.

민영 씨는 강의실에 들어가기 전 문에 붙은 포스터를 휴대폰으로 찍었다. 나는 민망한 얼굴로 내 얼굴과 시나리오 제목이 인쇄된 포스터를 밀고 강의실 안으로 들어갔다. 길쭉한 타원형 테이블에 열한 명의 학생과 교수가 앉아 있었다. 수업을 진행하는 교수가 강의실에 들어선 나와 민영 씨를 보고 자리에서 일어섰다. 두꺼운 금테 안경을 쓴 체격이 큰 오스트리아 아저씨였다. 민영 씨가 미소를 띠고 잠시 교수와 독일어로 대화를 나눈 뒤 나와 교수 사이에 서서 서로를 소개시켜줬다.

마티아스 교수님. 그리고 시나리오 「느리게 달리기」를 쓴 한윤기 감독님.

안녕하세요. 환영합니다.

마티아스는 한국어를 잘했다. 한국학과 교수니까 한국어를 잘하는 게 어쩌면 당연하겠지만 충청도 사투리 같은 그의 한국어가 신기했다. 학생들도 돌아가며 자신을 소개하고 인사했다. 학생들의 비현실적으로 맑은 눈이 호기심에 반짝거렸다. 살짝 들뜬 표정은 기시감이 느껴졌는데 한복을 입고 창경궁을 산책하는 젊은 외국인들의 표정 같았다. 베티, 요아나, 케스틴, 마테오, 밀레나, 율리아, 데니스, 안드레아스, 마리아. 그중 반장처럼 보이는 조야는 한국어에 능숙했다.

감독님. 환영합니다. 한 학기 동안 감독님의 작품. 느리게 달리기. 열심히 읽었습니다. 감동적이었습니다. 좋은 시간 되시길 바랍니다.

한국말을 잘한다고 칭찬을 했더니 조야는 부끄러운 듯 얼굴을 붉혔다.

드라마 보면서 열심히 연습해요.

조야는 대뜸 표정을 진지하게 바꾸고 고개를 돌려 창밖을 응시하며 입을 열었다.

너와 함께한 시간 모두 눈부셨다. 날이 좋아서. 날이 좋지 않아서. 날이 적당해서. 모든 날이 좋았다.

놀랍도록 진지한 눈빛으로 감정에 몰두하는 조야

의 연기가 끝나자 학생들은 비명을 지르며 박수를
쳤다. 그 박수는 자연스럽게 나를 환영하는 의미로
이어졌고 나는 민망한 얼굴로 고개를 푹 숙여 인사
했다.

　그들은 나를 가운데 앉히고 자기들끼리 토론을 이
어갔다. 첫 시간은 번역 수업이었다. 나는 다음 시간
에 예정된 질의응답 시간까지 그들을 멀뚱히 지켜봐
야 했다. 그들은 쉬운 말은 한국어로 하다가 중간중
간 말이 막히면 독일어로 말했다. 나는 괜히 손을 비
비다가 강의실을 둘러봤다. 벽마다 한국과 관련된
포스터가 붙어 있었다. 호랑이 모양을 흉내 낸 한국
지도와 문화와 관련된 행사로 보이는 여러 포스터가
붙어 있었는데 하나같이 하회탈, 민속촌 줄타기, 광
화문 이순신, 무대 위의 아이돌 그룹, 3년 전 한국에
서 인기 있던 드라마의 주인공들, 남산타워 이미지
가 조잡한 편집으로 뒤섞여 있었다. 나는 한국학과

의 정체성과 내가 여기에 온 이유를 정확히 알 수 있었다. 누군지는 모르지만 어쨌든 한국의 영화감독. 한국 좋아요. 웰컴! 끝.

단어 하나를 놓고 토론을 길게 이어갔다. 학생들이 선호하는 단어와 마티아스가 주장하는 단어가 달랐다. 지금까지도 그랬고 앞으로도 나는 친구가 필요없다라는 문장에서 "친구"가 남자인지 여자인지가 쟁점이었다.

조야가 물었다.

감독님 여기서 친구는 남자인가요, 여자인가요?

나는 남자든 여자든 상관이 없다고 했다. 마티아스는 한참 생각에 잠겨 있다가 코끝에 걸린 안경을 고쳐 쓴 뒤 고개를 저었다.

그런 단어는 없습니다. 번역을 하려면 남자친구인지 여자친구인지 결정을 해야 해요.

결정을 하라고? 나는 잠시 고민했지만 남자여도

이상했고 여자여도 이상했다. 나는 미소를 띠며 조심스럽게 말했다.

정확히 말하면 남자친구도 여자친구도 아닌 것 같습니다. 그 문장에서 친구는 어떤 특정한 친구가 아니라 말 그대로 누구든 될 수 있는 개념으로서의 친구예요.

말이 어려웠는지 학생들은 이해되지 않는다는 무구한 표정으로 나를 쳐다보기만 했고 마티아스는 실망한 얼굴로 고개를 저은 뒤 페이지를 넘겨 다른 문장을 짚으며 말했다.

"돈가스에 델리 소스를 부었다." 이 문장 때문에 고민이 많아요. 돈가스를 뭐라고 번역해야 할지 모르겠습니다. 오스트리아엔 돈가스와 비슷하게 생긴 슈니첼이 있어요. 그런데 슈니첼은 소스와 함께 먹지 않습니다. 슈니첼이라고 번역하면 소스를 부었다는 것이 이상할 테고 돈가스라고 그대로 직역하면 슈니첼과 크게 차이가 없어서 오스트리아인들은 헷

갈립니다.

마티아스는 검지로 왼쪽 눈썹을 긁으며 말했다.

그런데 한국은 왜 돈가스에 소스를 부어 먹습니까? 슈니첼은 소스 없이 먹어야 진정한 맛을 느낄 수 있는 음식입니다.

나는 뭐라고 답해야 할지 몰라 민영 씨를 봤다. 민영 씨도 난감한 듯 살짝 인상을 찌푸린 채 마티아스를 바라보고 있었다. 마티아스는 페이지를 또 한 장 넘기고 계속 물었다.

그리고 이 문장에서 "저만치"는 정확하게 어느 정도의 거리를 뜻하는 겁니까? 1미터 이내인가요, 1미터 이상인가요?

그런 식의 질문을 많이 받았다. 거의 답하지 못했거나 답할 수 없었고, 쓰는 순간 생각하지 못했던 부분을 즉흥적으로 결정해야 했다. 가령 '저만치'의 거리는 1미터 이상이고 '친구'는 남자친구다. 마티아스는 워크숍이 끝나갈 즈음 예의를 갖춰 실망감을

드러냈다.

작가가 자신이 쓴 글을 정확하게 인지하지 못하고 있거나 모호한 표현으로 글을 쓰는 것은 무책임한 것 같습니다.

이에 나는 잠시 고민을 했다. 아무리 찾고 찾아도 발견되지 않는 것. 그것은 단어가 아니라 어쩌면 근본적인 차이일 것이다. 한국엔 있고 오스트리아엔 없거나 반대로 이곳엔 있고 저기엔 없는 것이 있을 것이다. 같은 단어를 쓰지만 사실은 다 다른 언어들. 쉬운 단어일수록 단순한 진술일수록 난해하게 느껴지는 것은 그 때문일 것이다. 논쟁하고 싶은 생각도 들었고 빨리 워크숍을 끝내고 숙소로 돌아가고 싶다는 생각도 했다. 솔직히 아무래도 좋았다. 거의 10분에 한 번씩 무주에게 메일을 보낸 것만 생각났으니까. 왜 보냈을까, 후회했고 메일을 읽긴 읽었을까, 궁금했다. 나는 답했다.

정확한 번역은 불가능합니다. 저는 작가의 의도보

다는 번역자의 의지와 판단이 더 중요하다고 믿는 편입니다. 저도 정확히 모르겠는 제 의도보다는 번역하시는 한국학과의 의지와 판단으로 자유롭게 번역하셨으면 합니다.

가상 연출 시간에는 크나큰 충격을 받았다. 황당한 설정과 의도를 이해할 수 없는 각색에 그저 웃음만 나왔다. 핵심 주제와 소재만 빼고 다 바뀌었다. 온갖 장르가 뒤섞인 혼돈 그 자체였다. 분명히 내가 만든 집인데 인테리어가 다 바뀌어 있는 것 같았다. 민영 씨도 처음엔 황당해하더니 나중엔 재밌는지 계속 웃었다. 워크숍이 끝나고 교내에 있는 음식점에서 다 같이 식사를 했다. 독특했다. 학교 안에 야외 펍이 있었다. 대학교 구내식당 같은 곳이 아니었다. 일단 규모가 컸다. 손잡이가 달린 커다란 맥주 통이 여덟 개 있었고 커다란 화로에서 계속 닭고기와 소고기를 굽고 있었다. 학생들은 밝고 명랑했다. 처음엔 교집합을 찾기 위해 토마스 베른하르트 이야기를 꺼냈다. 빈 대학 출신이고 좋아하는 작가라고 했다. 학생들은 서로를 바라보며 웃기만 했다. 나는 더는 내 취향이나 작가를 화제로 삼지 않았다. 학생들은 어느 순간부터는 쉬지 않고 묻고 또 묻고 말하고 또 말했다. 대부분 드라마 이야기였고 몇몇은 케이 팝에 대해 말했다. 버튼을 누르면 켜지는 스피커처럼 드라마 주인공의 이름을 말하기만 해도 학생들은 소리를 질렀다. 다음 학기에 교환학생으로 한국의 모 대학에 들어오길 희망하는 율리아는 좋아하는 가수의 콘서트를 직관하는 것이 가장 중요한 목표라고 했다. 약간 다른 분위기의 마테오만 영화에 대해 물었다. 내 영화나 시나리오는 아니고 박찬욱 감독을 아느냐고 했다. 안다고 했더니 존경하는 눈으로 뚫어지게 쳐다보고 가방에서 노트와 펜을 꺼내 사인을 요청했다. 마티아스가 가장 좋아하는 한국말은 '세상에서 가장'인 것 같다. 무엇을 설명할 때 그 말을 붙이는 것을 좋아했다. 가령 세상에서 가장 멋진 식당입니다. 이 자리가 세상에서 가장 좋은 바람이 부는 자리입니다. 그리고 세상에서 가장 맛있는 맥주를 파는 곳입니다. 그가 추천한 맥주는 붉은 빛이 돌고 거품이 풍성했다. 정말 맛있었다. 세상에서 가장 맛있다고는 할 수 없지만 아주 좋았다. 나는 엄지를 들고 고개를 끄덕였다. 마티아스는 만족스럽게 웃으며 방금 나온 접시를 내 앞에 놓으며 말했다.

이게 바로 세상에서 가장 맛있는 슈니첼입니다.

돈가스와 비슷하다고 했던 슈니첼은 그냥 돈가스였다. 흐뭇한 눈으로 씹고 삼킬 때까지 바라보는 마티아스가 부담스러워 입꼬리를 억지로 올려 미소를 지었다. 맛도 그냥 돈가스였다. 나는 이걸 소스 없이 어떻게 먹을 수 있는지 되레 묻고 싶었지만 뭔가 진정한 돈가스를 먹은 듯한 표정을 지어야 할 것 같아 고개를 끄덕였다. 분위기는 좋았다. 호의적인 사람들과 야외에서 맥주를 마시고 웃고 떠드는 것이 즐

거웠다. 뭐랄까, 오스트리아적이었고 유럽의 감수성을 느낄 수 있었달까. 하지만 기분과 달리 빨리 숙소로 들어가 침대에 눕고 싶었다. 고개 끄덕이는 것에 지쳤고 그래요, 그래요, 하면서 모든 말에 웃으며 대꾸해주는 것도 번거로웠다. 대체 빈이 뭐길래 여기 왔다고 무주에게 메일을 보낸 걸까. 어떤 주제를 놓고 이야기를 해도 마지막엔 문제의 메일이 떠올라 아무것에도 집중할 수 없었다. 나중엔 후회를 넘어 차라리 잘됐다는 합리화를 하는 단계까지 갔다. 해결할 걸 해결하지 못하고 헤어진 관계였잖아. 무주는 내 물음에 정확히 답해주지 않은 채 스위스로 가버렸어. 끝났지만 뭔가 풀 게 남은 것 같은 기분은 때론 미련으로 때론 분노로 감각됐지. 차라리 잘된 걸지도 몰라. 이번 기회에 확실하게 마무리하는 거야. 다시는 이런 메일 보내지 마. 우린 이미 오래전에 끝났고 그 이별엔 어떤 가능성도 애매함도 없었어. 직접 무주의 입을 통해 듣고 정리하는 게 여러모로 깨끗하겠지. 하지만 무주에겐 그 어떤 응답도 없다. 나는 새 메일이 없는 메일함을 강박적으로 새로고침하며 정확히 누구를 향한 것인지 모를 실망감을 느꼈다.

관광객들은 절대 볼 수 없는 빈의 숨겨진 명소를 보여주겠다는 마티아스의 제안을 정중하게 거절했다. 마티아스는 서운한 표정을 지었다. 뒤돌아 걷는 커다란 스펀지 같은 마티아스의 굽은 등을 보고 숙소로 돌아오는 길은 알 수 없는 감정이 뒤섞여 마음이 뒤숭숭했다. 오른쪽으로 두 발 떨어져 걷던 민영 씨가 곁으로 한 발 다가와 말했다.

힘드셨죠.

나는 미소를 띠며 고개를 저었다. 술 취한 소년 둘이 어깨동무를 하고 함성을 지르며 지나갔고 우리는 옆으로 서서 그들에게 길을 터줬다.

그냥 좀 어색하네요. 적응 안 되고.

저도 낯설어요. 이렇게 소규모로 온 적은 처음이

거든요. 평소엔 인솔해야 할 분이 많아요. 대부분 어른들이고 선생님들이라 훨씬 긴장되고 조심해야 할 것도 많죠.

민영 씨는 왼쪽 어깨에 멘 가방을 오른쪽으로 옮기고 나서 말을 이었다.

통역으로 따라오지만 실은 관광 가이드와 다를 바 없어요. 호텔 체크인하고 일정별로 인원 체크하고 식당 예약하고 틈틈이 쇼핑할 만한 곳 안내하고…… 그런데 이렇게 단출하게 감독님 한 분 모시고 한 행사는 처음이에요. 그래서 모 아니면 도라고 생각했죠.

무슨 뜻이죠?

이상한 사람 걸리면 도. 괜찮은 사람이면 모.

저는요?

민영 씨는 바로 답하지 않고 뜸을 들이다가 말했다.

모. 감독님은 저한테 아무것도 부탁하지 않으셨잖아요.

그렇다면 제가 앞으로 뭐든 부탁하면 윷, 걸, 개, 한 계단씩 떨어져 마침내 도가 되는 건가요?

민영 씨는 큭, 소리를 내며 웃었다.

죄송해요. 별 이야기를 다 하네. 이해해주세요. 이번 일정이 어쩌면 번역원에서의 마지막 일이 될 것 같아요. 후련하기도 하고 마음도 복잡해서 필터 없이 말이 막 나왔네요.

왜 그만두시는지 물어봐도 되나요?

글쎄요. 그만두고 싶지 않은데 그래야 할 것 같아요. 너무 오래 있었나 봐요. 직장 내 따돌림을 당하고 있어요.

나는 무슨 말을 해야 할지 몰랐다. 어느새 모차르트 호텔 앞이었다. 민영 씨는 웃었다.

농담이에요. 그냥 지겨워서요. 몸도 안 좋고요. 허리도 안 좋고, 간도 안 좋고. 조심히 들어가세요. 내일은 문화를 사랑하는 오스트리아 한인들의 모임이 있어요. 외교관도 참석한다고 하네요. 내일 9시에 로비에서 봬요. 전화 드릴게요.

   망설이다가 다시 메일을 쓴다. 너무 뜬금없이 메일 보내서 너 당황했을 것 같아. 결과적으로 약속을 지키지 못한 것 같아 미안해. 군이 변명하자면 예전에 네가 빈에 가고 싶다고 자주 얘기했었잖아. 막상 빈에 왔더니 그 생각이 났고…… 그냥 빈에 왔다고 말하고 싶었어. 다른 의미는 없고…… 그냥 너한테 말하고 싶었어. 그게 다야. 어쩌면 아무 말이나 하고 싶었는지도 모르지. 우연히 지도를 봤는데 네가 있다던 장크트갈렌이 여기서 너무 가까워서 더 그랬는지도 몰라. 프랑스와 가까운 제네바 같은 곳이었으면 안 썼을 거야. 기차만 타면 어렵지 않게 장크트갈렌 역까지 갈 수 있더라고. 신기하기도 하고 이상하기도 하고 그냥 그런 것들이 다 새삼스럽고 그게 또 이상하고. 암튼. 더 무슨 말을 해야 할지는 모르겠다. 그냥. 아, 그냥이라는 말 너 싫어했지. 그런데 그

냥, 이라는 말 빼고 어떻게 말을 이어야 할지 모르겠
어. 그냥, 그냥이라는 말 쓸게. 그냥 그런 생각이 들
었다고 말하고 싶었어. 잘 지내.

　이렇게 메일을 보내려다가 너무 바보 같아서 뒤
로가기를 눌렀다. 그런데 그 순간 메일함에 1이라는
신호가 생겼다.

　가깝네. 나 장크트갈렌에 살아. 올 수 있으면 와.

　오스트리아에도 한인이 많구나. 문화 예술의 밤
이라는 행사를 지켜보며 나도 모르게 중얼거렸다.
식순과 음식, 독수리 모양 얼음 동상과 특유의 분위
기 그리고 냄새까지 너무나 한국적이었다. 소프라
노가 아리아를 부르고 제대로 차려입은 현악사중주
가 모차르트의 곡을 연주했다. 나비넥타이를 맨 노
신사가 시를 낭송하고 중절모를 쓴 펭귄 같은 외교
관이 인사말을 했다. 그는 오래된 농담을 한참 늘어

놓은 뒤 사람들에게 한국에서 온 영화감독으로 나를 소개했다.

조만간 아카데미상을 수상하실 한국의 한윤기 감독님입니다.

사중주의 연주와 함께 갈채가 쏟아졌다. 나는 별다른 멘트 없이 반갑습니다, 라고 인사만 하고 자리에 앉았다. 외교관은 자신이 한인문인협회장을 겸임하고 있다고 했다. 그는 공손하고도 예의 바르게 감독님, 감독님, 하면서 오스트리아 내에서 한국인들이 서로 단합하고 잘 어울리고 있다는 것을 강조하고 은연중에 자신이 애를 쓰고 있다는 자랑을 했다. 나는 그렇군요, 잘됐습니다, 라고 말을 받아줬다. 그는 궁금한 것이 참 많았다. 몸값이 가장 비싼 배우는 누군지. 술이 가장 센 배우는 누군지. 한국 영화의 미래는 밝은지. 나로서는 답하기 곤란한 질문도 있었다. 이를테면 요즘 한국 소설가들은 왜 대화에 큰따옴표를 쓰지 않는지, 그렇게 문법을 파괴해도 되는 것인지 물었다. 미소를 짓고 있었지만 목소리엔 힐난하는 듯한 어조가 섞여 있었다. 죄송합니다만 저는 소설가가 아닙니다. 제가 답할 문제는 아닌 것 같네요, 라고 답하면 그래도 감독님은 예술가시니까 견해가 궁금합니다, 라고 끈질기게 물었다. 난 어색하고 답답한 상황에서도 기분이 좋은 것처럼 가장하는 것을 더는 할 수 없어 손을 씻고 오겠다고 말한 뒤 들릴락 말락 한 소리로 씨발, 하고 덧붙이면서 자리에서 일어섰다.

바깥은 다른 세계였다. 최소한의 조명으로 어둠을 유지한 고요한 호수와 그 너머의 숲. 오래된 건물 사이로 걸린 커다란 상현달까지. 어디선가 성악가의 노랫소리가 들렸는데 소프라노가 아닌 알토처럼 낮고 부드러운 소리였다. 민영 씨는 행사장 밖 정원 벤치에 앉아 담배를 피우고 있었다. 담배를 끊은 지 2년이 넘었는데 너무나 자연스럽게 손을 내밀었다. 연기를 뿜고 또 뿜었다. 마음의 일부가 연기에 묻어 밖으로 나오는 것 같았다. 한 모금씩 빠져나가는 연기를 보면서 감정이 가라앉고 희석되길 기다렸다. 내게 남은 칭호라고는 감독님밖에 없는 것 같다. 누군지도 모르고 작품도 떠오르지 않는 감독님. 한심하다. 나와 닮은 사람들과 주변 사람들 모두 한심해서 동족 혐오가 생겼다. 눈빛에 무시하는 기색이 조금만 담겨도 알아챌 수 있고 음성에 조롱이 살짝 섞여 있어도 감각한다. 그렇게 생각하지 않으려고 애썼고 내내 무심하게 웃기만 했는데 끝내 마음속에 눌러둔 뭔가가 튀어나온 것 같다. 화가 나고 서글프고 속상해서 가슴이 터지려고 했다. 수다가 떨고 싶고 다 말하고 싶고 징징거리고 싶었다. 이게 다 무주에게 메일을 보낸 탓이다. 그 후로 내 마음을 지키던 보호막 같은 것이 사라졌다. 바람에 휘청이고 눈빛 하나에도 구멍이 뚫린다. 무주는 목소리, 눈빛, 한숨, 웃음만 보고도 내 마음의 모양을 알았다. 어제의 문장과 오늘의 문장의 다름과 뉘앙스의 차이를 짚어냈고 원래 쓰려고 했던 것이 무엇인지도 알고 있어서 내 마음에 맞게 문장과 이야기를 고쳐주기도 했다. 무주와 헤어진 뒤 나는 그런 사람이 더 이상 필요 없는 사람이 된 줄 알았는데 지금 하필 느닷없이 오스트리아에서 콰콰콰 소리를 내며 밖으로 쏟아져 나오고 있다. 올 수 있으면 와? 뭐? 올 수 있으면 오라고? 이게 이렇게 쉬운 거였어? 나는 손을 비벼 뜨거워진 손바닥을 눈가에 댔다. 민영 씨가 꽁초를 담배 케이스에 집어넣고 말했다.

괜찮으세요?

나는 대답 없이 가로등 조명을 받은 사이프러스가 바람에 흔들리는 모습을 봤다. 민영 씨는 말했다.

내일부터는 공식적인 일정이 없어요. 명분은 창작자의 견문 넓히기지만 실제로는 관광이니까 마음 편히 여기저기 둘러보시면 좋을 거예요. 미술관도 가고 실내악 연주도 들으러 가요.

한국에 돌아가는 날이 언제죠?

3일 뒤 저녁 비행기요.

혹시…… 그거 취소하고 스위스에서 비행기 타도
되나요?

취소는 되는데 취리히 공항에서 출발하는 걸로 바
꿀 수 있을지 모르겠네요. 지원되는 항공료에서 초
과될 수도 있어요.

그건 상관없어요.

무슨 일 있으세요?

그냥…… 장크트갈렌에서 누굴 좀 만나야 할 일이
생겨서요.

장크트갈렌이요? 흠.

민영 씨는 복잡한 표정을 지으며 가방에서 노트를
꺼내 뭔가를 살폈다.

언제 가실 건데요?

내일요.

민영 씨는 어이가 없다는 듯 한참 나를 쳐다보더

니 웃었다. 뭔가를 묻고 싶어 하는 눈이었으나 아무 것도 묻지 않았다. 하지만 다 알겠다는 장난스러운 표정으로 고개를 끄덕였다. 민영 씨는 서로 말만 잘 맞추고 제출할 서류만 만들면 된다고 했다. 친절하게 기차 타는 방법과 시간을 검색해줬다. 민영 씨는 담배를 한 대 더 꺼내 입에 문 뒤 천천히 빨고 느리게 뽑었다. 한 대를 다 피우는 동안 아무 말도 하지 않았지만 떨리는 눈빛도 그렇고 뭔가 복잡한 상념 속에 잠긴 듯했다.

장크트갈렌에 가면 아펜젤에 가보세요. 그리고…….

민영 씨는 노트를 손에 꼭 쥐고 잠시 말을 멈췄다.

세계의 호수. 유명한 관광지는 아니고 그냥 주민들이 피크닉하는 곳인데 스위스에서 아니, 유럽에서 제가 가장 좋아하는 곳이에요.

급하게 캐리어를 정리하고 일찍 침대에 누웠다.

잠이 들지 않아 스탠드 불을 켜고 민영 씨가 적어준 메모를 확인했다. 열차 이름과 출발 시간을 몇 번이나 중얼거리고 플랫폼 위치나 입구 출구 같은 필수적으로 알아야 하는 독일어도 반복해서 외웠다. 그래도 잠이 오지 않았다. 잠이 어떻게 오고, 어떤 감각이 희미해져 꿈속으로 빠져드는지, 평생 해왔던 가장 익숙한 그 느낌이 낯설게 느껴질 정도였다. 만나고 싶고 만나고 싶지 않다. 잊었지만 잊지 않았다. 보고 싶지 않지만 보고 싶다. 만나면 안 된다고 생각하면서 동시에 왜 만나면 안 되는 건지 의문을 품고 있다. 마음의 정체를 도무지 알 수 없어 이쪽으로 저쪽으로 뒤척거리기만 했다. 무주와 헤어지고 7년이 흘렀다. 그동안 계속 의도적으로 기억을 지웠다. 사진을 지우고 편지도 흔적도 다 지웠다. 세월이 흐르면 모든 것은 희미해지고 잊히기 마련이라는 것을 알지만 할 수 있다면 그 시간을 단축시키고 싶었고 가능하다면 기억도 감각도 완전히 소멸되길 원했다.

그 노력은 반은 성공했고 반은 실패했다. 실제로 얼굴이 희미해졌다. 함께 만든 기억이 옅어져 시간도 공간도 명확하게 떠오르지 않았다. 초점이 나가 뭉개져 나중엔 실루엣조차 무엇인지 모르겠는 사진처럼 무주도 내게 그렇게 남았다. 하지만 감각은 사라지지 않았다. 어떤 아침엔 바보처럼 침대에 멍하니 걸터앉아 꿈꾸고 난 뒤 밀려오는 알 수 없는 느낌과 기분에 마구 휘둘렸다. 한 장면도 기억나지 않는 꿈인데 마음은 뭔가를 느끼고 있었다. 나는 알았다. 무주를 본 것이다. 얼굴도 생각나지 않으면서 표정이 기억난다는 것이 말이 되나. 그 쓸쓸한 기운. 나를 바라볼 때의 눈동자. 그 비구름 같은 분위기가 다 느껴졌다. 하지만 지금은 무주의 얼굴이 생각난다. 기억 속에 저장된 수천 수만의 모습이 겹치고 겹쳐 홀로그램처럼 허공에 떠오르고 있다. 수많은 각도와 위치에서 빛이 기울고 여러 시간이 겹치고 어둠이 번져가고 계절이 변해갔다. 무주는 세월 속에서 다양하게 하나의 이미지로 떠올랐다. 나는 이런 병적인 망상이 스스로도 어이가 없어 눈을 질끈 감고 숨을 골랐다. 어찌 됐든 내일 무주를 만날 것이다. 제발 정신 좀 차리자. 잠이 드는 순간 민영 씨가 로비에서 해준 말이 생각났다.

잘하셨어요. 여행지에서 뭔가를 결정하는 용기는 항상 옳아요. 하지만 그 용기는 한 번만 내세요. 그곳에선 뭔가를 결정하면 안 돼요. 그건 용기가 아니에요. 어리석은 거지.

무슨 말인지 모르겠다는 듯 멍하게 있는 내게 민영 씨는 다정한 음성으로 말했다.

여행지의 사건을 삶으로 끌고 오지 마세요. 복잡해진답니다.

뭔가 잘 아시는 것 같네요.

민영 씨는 그 순간 마치 누나 같은 묘한 웃음을 보이며 말했다.

알죠. 누구보다 잘 알죠. 지금도 수습 중이거든요.

잠들기 전 그 말이 주문처럼 입가에 맴돌았다. 삶으로 끌고 오지 마세요.

플랫폼에서 민영 씨와 헤어졌다. 민영 씨는 체류비를 스위스 프랑으로 환전해줬다. 즉흥적으로 스위스에 가기로 했지만 막상 아침이 되고 혼자 장크트갈렌으로 향하는 기차를 보고 있으니 현실감각이 살아났다. 막무가내로 일정을 바꾼 것 같아 미안했고 동시에 걱정도 됐다. 나는 함부로 행동한 것 같아 죄송하다고 거듭 사과했다. 민영 씨는 크림이 없는 딱딱한 빵 두 개와 물을 사주며 말했다.

괜찮아요. 이런 일 종종 있어요. 익숙하니까 걱정 마세요. 공식 일정은 끝났으니까 나머지는 우리가 말 맞추고 서류만 맞추면 돼요. 중간에 한번 메일로 연락해요. 서명받을 것도 있고 날짜와 장소 확인할 것도 있으니까요.

민영 씨는 어떻게 하실 건가요? 빈에서 며칠 더 계

실 건가요?

아뇨. 이렇게 된 거 저도 누구를 만나러 갈까 싶
어요.

누군데요?

민영 씨는 묘한 표정을 지었다. 웃음과 울음이 반
씩 섞인 쓸쓸한 미소. 우리는 악수하고 헤어졌다.

2.

　기차로 빈에서 장크트갈렌까지 가는 여정은 거리
나 걸리는 시간이나 목포에서 강릉 가는 것과 비슷
했지만 느낌은 많이 달랐다. 몇 시간 만에 기차는 국
경을 넘고 완전히 다른 세계로 진입했다. 창밖으로
보이는 풍경이 오스트리아의 것과 확연히 달랐다.
스위스는 처음이지만 산의 생김새와 나무나 바위,
하늘과 떠가는 구름만 봐도 여기가 스위스라는 것
을 알 수 있었다. 엽서 같은 저 풍경 너머 어딘가 무
주가 있을 것이다. 자연보다 도시를 좋아하고 창문
보다 그림을 좋아하던 무채색 기질을 갖고 있던 사
람이 이토록 환하고 예쁜 풍경을 배경으로 살고 있
다는 것이 도저히 믿기지 않는다. 만나고 싶은 사람

이 있다고 했다. 그 시절 우린 사이가 아주 좋진 않았지만 엄연히 연인 사이였고 무미건조한 감정 외에는 특별한 문제도 없었다. 그런데 느닷없이 그렇게 말하는 연인에게 무슨 말을 해야 했던 걸까. 나는 화를 냈다. 우리가 권태기일지는 모르지만 4년이나 사귄 정이 있는데 누군가를 만나면서 이런 식으로 통보하는 건 너무 무례한 것 같다고. 무주는 설명도 변명도 하지 않고 물었다.

무례? 너…… 화나긴 해? 그러면 잡아봐. 그 사람 만나지 말라고 말해.

먼저 미안하다고 말해.

뭐가 미안한데? 너 진짜 화나? 날 죽이고 싶다거나 내가 만나겠다는 남자를 죽이고 싶다거나 그래?

무슨 소리야.

거봐. 아니잖아. 넌 그렇게 안 할 거야. 그냥 내 행동과 결정을 흥분도 하지 않고 비판하겠지.

그러고 무주는 떠났다. 다음 날 번호가 바뀌었고

한참 뒤 친구를 통해 무주가 한국계 스위스 남자와 결혼해 스위스로 가버렸다는 이야기를 들었다.

아무래도 무주가 방송작가이다 보니 프로그램에 참여한 사람들과 이야기를 많이 할 수밖에 없잖아. 문제가 생겨서 프로그램이 중간에 엎어졌는데 그때 만난 사람이었나 봐. 한 일주일 정도 만났을까? 나도 너무 급작스러워서 이게 무슨 일인가 싶다.

그 후로 시간은 잘 갔다. 많은 일을 했고 어떤 일은 잘됐지만 결과적으론 다 실패했다. 한번 주목받은 이후 다시는 그런 관심을 받지 못했다. 연애도 두 번 했지만 다 짧았고 끝이 좋지 않았다. 무주가 그리워 미칠 것 같은 순간은 없었다. 다만 항상 무주를 생각했다. 생각하려 하지 않았고 가능하면 생각하고 싶지 않았지만 생각이 났다. 어느 순간부터 무주는 '오늘의 날씨'처럼 일상에 영향을 줬다. 어떤 날 어떤 밤엔 풀지 못한 퍼즐처럼 무주에 대해 생각하기도 했다. 그때 왜 그렇게 떠났을까. 떠나야 했을까? 왜 나는 무주를 잡지 못했나. 아니, 잡지 않았나. 그러다 보면 머리가 붐볐고 가슴이 답답해졌다. 누구라도 좋으니 이런 이야기를 할 사람이 필요했다. 하지만 무주 외에 누군가와 진짜 수다를 떤 기억이 없다. 아무 말이나 막 하고 생각나는 대로 말해도 그냥 다 알아듣는 사람. 횡설수설해도 알아서 순서를 맞추고 내가 표현 못 하는 감정이나 느낌도 설명해줬던 사람. 때론 밖으로 꺼내지 않은 말까지 듣고 알맞은 답을 먼저 말해줬던 사람. 무주에 대해 말하고 싶은데 무주가 없으니 말할 수가 없다. 외롭다기보다 몹시 심심한 느낌. 슬픔보다는 쓸쓸한 기분. 곧 장크트갈렌에 도착한다는 안내가 들렸고 열차는 터널로 들어갔다. 나는 딱딱한 빵을 입에 넣고 천천히 씹으며 눈을 감았다. 눈동자가 눈꺼풀을 밀며 움직이는 감각이 생생하게 느껴졌다.

작고 아담한 역. 규모나 느낌만으로는 조치원 역과 흡사했다. 작은 가방을 한쪽 어깨에 메고 가볍게 플랫폼을 빠져나가는 스위스 현지인과 캐리어를 끌고 주변을 살피는 관광객들을 다 합해도 30명이 넘지 않았다. 나는 사람들을 따라 느리게 걷다가 걸음을 멈췄다. 사람들 사이에서 겨울나무처럼 꼿꼿하게 선 여자가 나를 보고 있었다. 얼굴과 표정을 확인할 수 없는 거리였는데도 단번에 무주인 줄 알았다. 발목까지 내려온 회색 롱스커트와 하얀 티셔츠를 입고 녹색 카디건을 걸친 검은 머리의 여자. 우린 서로 마주 보고 잠시 그대로 있었다. 서로를 관찰했을 수도 있고 어떤 말부터 해야 할지 몰랐을 수도 있다. 무주는 마지막으로 봤을 때, 다시 말해 7년 전 초여름 합정 어디에서 만났던 때와 옷 입는 스타일과 머리 모양, 표정까지 비슷했다. 무주가 먼저 입을 열었다.

  오랜만.

  나는 어색하게 손을 든 뒤 미소 지었다. 그 순간

무주의 스커트 뒤에서 작은 얼굴이 쑥 튀어나왔다. 눈이 무주를 빼닮은 단발머리의 여자아이였다. 아이는 경계하는 눈으로 나를 살피고 다시 숨었다. 무주는 미소를 띠며 키를 낮추고 앉아 아이에게 독일어로 짧게 말하고 한국어로 말했다.

유나야. 엄마 친구. 인사해.

차를 타고 이동하는 동안 우리는 대화했다. 무주는 한 손으로 유유히 운전대를 돌렸다. 손등에 미키마우스 반창고가 붙어 있었다. 내 시선을 느낀 무주가 미소를 짓고 손등을 보여주며 유나가 붙여줬다고 했다. 그것만으로 많은 것이 바뀌었다는 걸 깨달았다. 하지만 전혀 어색하지 않았다. 그게 이상했다. 무주 역시 나를 스스럼없이 대했다. 장크트갈렌의 날씨와 스위스 사람들의 성격과 특징에 대해 말해줬다. 나는 왜 빈까지 오게 됐는지 빈에서 어떤 일이 있었는지 이야기했다. 무주는 눅눅한 지하실 같은 이야기를 반짝거리는 옥탑방 이야기로 각색한 학생들 이야기에는 소리 내 웃었고 세상에서 가장 맛있는 슈니첼 이야기에는 흥분했다.

어이없다. 돈가스를 왜 슈니첼로 바꾸라는 건데. 너무 무례한 거 아니야?

꼭 그렇게 생각할 건 아니라고 말했더니 왜 그렇게 생각하면 안 되느냐고 화내면서 넌 항상 그런 식이라고 했다. 항상, 이라니. 7년 만에 만났는데 그런 표현을 쓰니까 기분이 묘했다. 이따금 유나가 독일어로 무슨 말을 했고 무주는 독일어로 대답해준 뒤 그 말을 한국말로 바꾸어 다시 말했다. 유나는 뒷좌석 카시트에서 몸을 쭉 빼고 룸미러로 나를 봤다. 속이 비치지 않는 완벽하게 까만 눈동자 두 개가 흔들림 없이 나를 관찰하고 있었다. 오른쪽 눈 밑에 작은 흔적이 있었는데 흉터처럼도 보였고 눈물이 마른 얼룩처럼도 보였다. 나는 안녕, 이라고 말하고 좋은 사람처럼 보이려고 눈을 동그랗게 뜨고 미소를 지었다. 유나는 아무 대꾸 없이 다시 고개를 돌려 창밖을 봤다.

눈이 참 예쁘다.

그렇지? 처음 유나 가졌을 때 주변에 포도밭이 많았어. 그래서 태명을 포도라고 지었는데 낳고 보니 눈이 완전 포도야. 그래서 이름도 포도라고 짓고 싶었는데 남편이 무난하게 유나라고 짓자고 했어. 유나는 여기서도 많이 쓰는 이름이고 한국 이름과도 비슷해서. 정유나가 됐지.

남편이 정씨야?라고 물으려다가 어쩌면 남편과 헤어지고 무주의 성을 땄을지도 몰라 질문을 입에 넣고 한참 굴렸다. 대신 다른 걸 물었다.

소나타네. 스위스에서도 한국 차 많이 타?

아니. 장크트갈렌에 한국 차 몇 대 없어. 이거 외교관에게 구입한 거야. 한국 들어간다고 싸게 판다길래 샀지. 남편이 한국 차 한번 타보고 싶었대. 솔직히 난 스위스까지 와서 한국 차 타는 거 별론데…….

너무 애국자 같잖아. 근데 남편 입장에서는 뭐 '현대'가 특이할 테니까.

남편은?

응?

아니……. 내가 이렇게 막 와도 괜찮아?

지금 없어. 일 때문에 뮌헨에 있어.

뭐 하는 사람인지 물어봐도 돼?

목수. 주로 가정용 사우나 만들어.

무주는 고개를 돌려 나를 봤다.

근데 너 좀 달라진 거 같다.

뭐가?

부드러워졌달까. 겁도 많아진 거 같고.

늙어서 그래. 너는 옛날하고 똑같다.

무주는 교차로에서 깊숙하게 핸들을 돌렸다. 나는 중심을 잃고 한쪽으로 몸이 쏠려 쓰러질 뻔했다. 무주가 장난스럽게 웃었다.

웃긴다.

자동차는 도시가 내려다보이는 산 중턱의 작은 마을 어귀에 멈춰 섰다. 무주가 사는 동네는 고요하고 고상했다. 집들은 작고 검소한 느낌이었지만 자세히 살펴보면 오랫동안 꼼꼼하게 관리해온 견고함이 은은하게 녹아 있었다. 예쁘게 가꾼 정원과 건강한 나무들, 잔디 위에 아무렇게나 누워 있는 자전거와 장난감들이 여유와 평온함을 보여주는 듯했다. 바람이 불 때마다 구운 감자 냄새가 났다. 농장 소들의 목에 달린 방울이 딸랑거리는 소리가 희미하게 들려왔다. 무주의 집은 2층짜리 목조 건축물이었다. 지은 지 백 년도 넘었다는 집은 한눈에 봐도 세월의 흔적이 느껴졌다. 집은 크지 않았다. 현관문을 열면 좁고 길쭉한 복도가 나오는 옛날식 구조였고, 입구 앞에 화장실, 그 맞은편에 두 개의 방, 복도 끝에 거실 겸 주방이 있고, 가장 안쪽에 안방이 있었다. 걸을 때마다 삐걱거리며 나무 뒤틀리는 소리가 들렸다. 기본적인 가구들 외에는 특별한 장식이 없는 단순한 인테리어였다. 벽엔 거꾸로 걸린 드라이플라워와 푸른색이 많이 들어간 추상화 한 점이 걸려 있을 뿐 사진이나 소품도 없었다. 거실엔 감색 러그가 깔려 있어 움직일 때 소리가 나지 않았다. 은근한 흔들림은 있었는데 비를 머금은 한여름 잔디처럼 푹신푹신했다. 유나는 바닥에 엎드려 있던 헝겊 토끼를 들어 품에 안고 안락의자에 앉았다. 무주는 커피머신에 캡슐을 집어넣고 창문을 활짝 열었다. 나는 식탁 의자에 앉아 창밖을 봤다. 하늘은 푸른색에서 검푸른색으로 물들어갔고 가로등엔 불이 켜졌다. 우리는 커피를 마시며 대화했다. 주로 내가 말했고 무주는 들어줬다. 이따금 유나가 다가와 무주의 팔을 끌거나 뒤에서 목을 끌어안으며 안아달라고 떼를 썼다. 경계하는 눈으로 나를 관찰했는데 그 모습이 꼭 성질 사나운 고양이처럼 보였다. 등 뒤에 매달린 유나를 앞으로 돌려 안고 무주가 물었다.

내가 메일 확인 안 했으면 빈에서 뭐 했을 것 같아?

그랬다면 뭐 관광이나 다니면서 사진 찍거나 호텔에서 술이나 마셨겠지. 운 좋으면 약 같은 거 구해서…….

무주가 컵으로 내 컵을 툭 쳤다. 짠 하는 소리가 났고 그제야 유나가 보고 있다는 것을 깨달았다.

유나 몇 살?

안전하고 좋은 사람처럼 보이려고 부드럽게 웃었다. 유나는 고개를 돌리고 방으로 들어가버렸다. 무주는 번역 워크숍 관련 자료를 살펴보다 「느리게 달리기」를 식탁 위에 펼치고 말했다.

읽어봐도 돼?

대답도 듣지 않고 무주는 원고를 집어 들었다. 한때는 내가 썼던 모든 글을 봐줬던 사람이다. 내 머릿속에 있던 혼잡하고 정신없는 생각들을 모두 듣고 정리까지 해줬던 사람이다. 읽어봐도 되냐니 당연히 읽어줘야지. 어쩌면 너무도 당연한 그 질문 앞에 나는 잔뜩 위축됐다. 겁이 났다. 부끄럽고 걱정됐다.

무주는 예전처럼 미간에 주름을 만들고 펜 끝을 물며 집중했다. 오른쪽 무릎을 세워 보면대로 사용하던 습관도 그대로였다. 무주가 입에서 펜을 떼고 말했다.

그 표현 아직도 잘 쓰네.

응?

머리가 돌아버릴 것 같을 때.

무슨 말이야?

너 이 문장 많이 써. 열 받거나 당황하거나 슬프거나 암튼 복잡한 상황 생기면 꼭 이렇게 표현하더라. 머리가 돌아버릴 것 같다고. 그건 그렇고 괜찮네.

정말?

응. 나쁘지 않아. 옛날 느낌 나고.

좋지는 않고?

좋아.

무슨 좋다는 말을 그렇게 해.

좋아 죽을 정도는 아니지만 이전 것들보다는 좋네.

이전? 언제를 말하는 거야? 7년 전?

무주는 뚱한 얼굴로 정색하며 말했다.

야. 옛날에 너 이거보다 훨씬훨씬 잘 썼어. 최근 작품들 말하는 거야.

그동안 계속 봤었어?

무주는 대답 없이 플라스틱 통의 뚜껑을 열고 아몬드 한 알을 꺼내 앞니로 똑똑 소리 나게 씹었다.

봤지.

무주는 무슨 말을 하려다 말고 손에 묻은 아몬드 껍질을 털어냈다.

그건 그렇고. 그거 왜 개봉 안 해? 3년 전에 예고편 뜬 거 봤는데.

순간 얼굴이 뜨거워졌다. 나 스스로도 이해할 수 없는 반응이었다. 부끄러운 건지 화가 나는 건지 알 수 없는 불쾌한 감정이 밑에서부터 위로 솟구치는 게 느껴졌다. 나는 남은 커피를 한 모금 마셨다.

엎어졌어. 투자자가 미국에 다녀온다고 출국하고

3년째 안 와. 연락도 안 되고.

그런 것 같더라. 이건 뭐야?

무주는 파일 케이스에서 A4 뭉치를 빼내며 물었다.

그건 최근에 쓴 거.

읽어봐도 돼?

원고를 빼앗았다. 너무 강하게 잡아당겨 일부가 찢겨 무주의 손에 남고 구겨졌다.

미안. 아직 미완성이라.

그때 안방에서 유나가 우는 소리가 들렸다. 무주는 벽시계를 보고 자리에서 일어섰다. 잘 시간이 넘었다고 이야기는 내일 하자며 잠잘 곳을 안내해줬다. 두 개의 방이 있었다. 한쪽 방문은 닫혀 있고 다른 한쪽의 방문은 반쯤 열려 있었다. 문틈으로 책장과 책상이 보였고 커다란 나무 판에 용도와 크기별로 가지런히 정리된 공구들이 보였다. 무주는 열린 방문을 조심스럽게 닫고 닫힌 방문을 열었다.

여기서 자면 돼. 평소엔 옷방으로 써서 좀 민망하

고 미안하지만.

잡동사니가 들어 있는 나무 상자와 옷장이 있었다. 바닥엔 두꺼운 겨울 이불이 깔려 있었고 그 위로 얇은 하늘색 이불이 반으로 접혀 있었다.

그 밤, 잠이 오지 않았다. 당연하지. 여긴 느닷없이 스위스고 옆방은 무주의 남편 방이고 그 옆방엔 무주과 무주의 딸이 있는데. 누가 억지로 이런 밤을 만들고 나를 몰아넣는다 해도 말도 안 되는 소리라고 웃고 넘길 상황이지 않은가. 밤의 냄새가 묘했다. 풀냄새 같기도 하고 막 잘라낸 나무 냄새 같기도 하고 깨끗하게 세탁한 옷이 말라가는 냄새 같기도 하고 아기 냄새 같기도 한 장크트갈렌의 밤 냄새. 나는 몸을 뒤척이며 더 나은 자세를 찾으려 애썼지만 그럴수록 정신은 또렷해졌고 마음은 어둡게 깊어졌다. 가까운 곳에 철로가 있는지 기차 지나가는 소리가 들렸고 약하게 진동도 느껴졌다. 무주는 그동안 내

작업을 봤다고 했다. 좋기도 하고 싫기도 하다. 기쁘기도 하고 슬프기도 하고. 단편으로 괜찮은 국제 영화제에서 상을 받은 이후 만드는 작품마다 망했다. 시시한 영화제에 초청작으로 겨우 상영하고 어느 곳에서도 개봉되지 않는 영화. 어정쩡한 작품성과 진지함으로 평단의 지지도 대중의 반응도 없이 사라진 영화. 나중에 흥행을 노리고 작심해서 쓴 시나리오는 투자자들이 외면했다. 한 감독님 수준을 대중들이 빨리 따라잡는 날이 와야 할 텐데요. 묘하게 웃으면서 악수를 청하는 그 얼굴 앞에서 싫은 소리 한마디 못 하고 그래도 고맙다고 그래도 관심 가져주셔서 감사하다고 비굴하게 인사했다. 그 후로 지방대 영화과를 돌며 강의를 했고 사설 아카데미나 문화센터의 '나도 영화를 만들 수 있다' 같은 특강에서 헛소리를 늘어놓으며 하루하루 지냈다. 그러다 8백만 영화의 후속작 연출을 맡아줄 수 있겠느냐는 요청이 있었다. 나는 마지막 기회라 믿고 모든 것을 걸었다. 거지 같은 시나리오와 되도 않는 배우들을 출연시켜야 하는 것도 모른 척했다. 예고편이 포털 사이트에 오픈됐을 때는 실시간 검색어 1위를 하기도 했다. 그런데 그걸로 끝이었다. 투자자가 미국으로 대뜸 출국했다. 1년이 지날 때까지 기다렸고 반년이 더 지나고 증발했다는 걸 깨달았다. 그러고 나서 알았다. 다 끝났다는 것을. 긴 시간 회복되지 않는 몸과 마음으로 그냥저냥 지냈다. 최근에 다시 단편 시나리오를 꾸역꾸역 썼고 운 좋게 예술 지원 사업에 선정되어 여기까지 온 것이다. 운 좋게? 운이 좋다고? 나는 눈을 꾹 감고 고개를 저었다. 나쁜 생각과 한심한 마음이 들 때마다 의지적으로 골똘해지지 않으려는 습관이었다. 그동안 무주는 나를 지켜보고 있었다. 서서히 무너지는 모습을 한마디 말도 없이 다 지켜보고 있었던 것이다. 몇 시쯤 됐을까? 유나가 운다. 울음소리가 길다. 무주의 딸이라니. 대체 난 왜 여기에 있는 걸까. 울음소리가 그치고 유나

를 달래는 무주의 말이 먼 곳에서 전해지는 진동처
럼 느껴졌다.

3.

어디 가는 거야?

아펜젤.

아펜젤. 느껴지는 기시감. 어디서 들어봤나 했더니 민영 씨가 추천했던 게 생각났다. 유나는 선생님의 손을 잡고 어린이집으로 씩씩하게 들어갔다. 모습이 완전히 사라지고 난 뒤에도 무주는 한동안 우두커니 서서 어린이집 현관을 바라봤다. 차는 장크트갈렌 시내를 빠져나갔고 10분도 되지 않아 풍경이 완전히 바뀌었다. 산과 산 사이에 2차선 도로가 나 있었다. 그것은 협곡 사이사이를 흐르는 고요하고 까만 밤 냇물 같았다. 오가는 차가 거의 보이지 않았고 핸들을 잡은 무주는 별다른 말 없이 정면만 응시했다. 스위스의 산은 묘했다. 예쁘지만 적나라했다. 전체가 깨끗하게 깎인 산에서 소들이 풀을 뜯고, 산 밑에는 작은 헛간과 움막만 있었다. 대부분 산이 그렇게 생겼다. 봉우리에 뾰족한 암석이 있을 뿐 산 전체가 거대한 잔디밭처럼 속이 훤히 보였다. 사람도 보이지 않고 오직 소 떼만 산을 하나씩 차지하고 풀을 뜯고 있었다. 그동안 잘 지냈어? 잘 지냈어. 건강은 하고? 건강은 하지. 어색할 줄 알았는데 괜찮네. 그러네 괜찮네. 이런 대화가 이어졌다. 무주는 어째서인지 깊게 들어가지 않으려 했고, 나는 그것을 감지하곤 더는 안부 같은 것은 묻지 않으면서 새파란 하늘을 단순 묘사하거나 흘러가는 구름을 보고 딱히 감흥이 없는데도 좋다, 멋지다, 라고 했다.

아펜젤 마을과 에벤알프 봉우리엔 관광객이 많았다. 드라이브하며 마을을 눈으로 대충 훑고 에벤알프 정상으로 향하는 케이블카를 탔다. 매표소에서 표를 끊으며 능숙하게 독일어를 구사하는 무주가 낯설었다. 평화롭고 여유롭게 너무 잘 지내는 듯 보여 불쑥 짜증이 느껴지기도 했다. 상대적으로 무주 뒤에 선 나는 나이만 퍼먹고 딱히 할 줄 아는 것은 없는 누구 집 천덕꾸러기 아들이 된 것 같았다. 이런 기분과 마음이 표정에 드러날까 봐 더 과장되게 감탄하고 소리를 높였다. 케이블카는 순식간에 시야를 넓히고 풍경을 바꾸어놓았다. 뾰족하고 높은 봉우리들, 커다란 바위와 암석, 칼 같은 절벽, 잿빛을 띠고 고여 있는 호수까지 절경이었다. 케이블카는 정상 근처에 우리를 내려놨다. 무주는 가방에서 선글라스를 꺼내 쓰고는 앞서 걸었고 나는 그 뒤를 따랐다. 꼬박 20분 동안 아무 말도 하지 않았다. 내려가는 관광객들과 빠른 걸음으로 우리를 앞질러 가는 사람들 사이에서 무주는 일정한 걸음으로 느리게 걸었다. 처음엔 어떻게든 침묵을 훼방하고 싶었으나 곧 익숙해졌다. 스물여덟 번의 계절이 변하는 동안 누구도 서로에게 연락하지 않았으니 어색할 수밖에. 무주는 굳이 그 시간을 앞지르려 애쓰지 않는 듯했다.

정상엔 알프스 전경을 바라볼 수 있는 빨간 벤치가 있었다. 먼 산 깊은 골짜기 사이에 놓인 다리 위로 열차가 지나가고 있었다. 나는 길게 숨을 내쉬고 깊게 숨을 마셨다. 이상한 공기였다. 상쾌함 외엔 별다른 감각이 느껴지지 않았다. 냄새도 맛도 습기도 없었다. 나는 벤치에 앉았고 무주는 가방에서 음식을 꺼냈다. 노란 접시에 두 종류의 치즈와 토마토, 세 덩이의 하얀 빵이 담겼다. 맛있었다. 특히 빵 맛이 묘했다. 평소 같았으면 절대로 먹지 않을 것 같은 딱딱하고 텁텁한 식감이었는데, 씹을수록 부드러워지면서 고소한 맛이 마음을 차분하고 단순하게 만들어주는 듯했다.

시간이 흐르긴 흘렀네. 무주 너는 크림 없는 빵은

취급 안 했어. 평생 단팥크림빵만 먹을 거라고, 일주일 내내 그것만 먹다가 얼굴에 뭐 난 적도 있잖아.

내가 언제.

무주가 토마토를 입에 넣으며 쑥스럽게 웃었다.

그런데 오스트리아도 스위스도 대체로 빵이 이런 식이네. 음, 건강한 느낌인데 맛은 없어.

빵이 밥이잖아. 담백하게 먹어야지. 매끼 볶음밥 먹을 순 없으니까.

무주는 빵을 뜯어 한참 바라봤다. 빵 조각을 들고 있는 오른 손등에 분필이 묻은 듯한 희미한 한 줄의 흉터가 있었다. 무주는 빵을 입에 넣고 우물거리며 말했다.

여기 사람들에겐 먹는 재미라는 게 없어. 아침과 저녁엔 이런 빵 하나에 치즈나 과일 몇 개로 식사를 끝내. 제대로 먹는 끼니는 점심 정도랄까?

마갈?

표정 없이 고요하던 무주가 처음으로 치아를 모두

내보이며 웃었다.

마갈 같은 소리 하고 있네.

한창 연애할 때 각자 작업하다가 새벽 2시쯤 배가 고프면 무주는 문자를 보냈다. '마갈?' 마포갈매기 가서 잠깐 허기를 달래고 오자는 꾐에 넘어가 5시가 넘도록 배 터지게 과식하고 소주를 마시다가 죄책감에 범벅되어 서로를 원망하며 집에 돌아왔던 날들. 선글라스를 쓰고 있어 무주의 눈을 볼 수 없지만 분명 그 시간의 어떤 새벽을 보고 있을 것이다. 서른한 살에 헤어져 서른여덟 살에 만났다. 무주는 놀라울 정도로 7년 전과 비슷했다. 머리 모양부터 옷 입는 스타일까지. 하지만 그때와 완전히 달라진 것도 있었는데 처음에는 그게 뭔지 잘 몰랐다. 하지만 지금 알았다. 감정. 무주의 감정은 깨끗하게 닦아 선반에 올려놓은 그릇 같았다. 불 같고 물 같고 때론 동물 같았던 무주의 감정이 정물처럼 느껴지는 것이 당황스러웠다. 당연히 그럴 거라고 생각했고, 그래야만

한다고도 생각했는데, 막상 그것을 마주한 마음은 서글펐다. 내 표정은 어떨까. 내가 무주에게 느끼듯 무주도 그렇게 느끼는 것일까.

　영혼의 약국이라 불리는 장크트갈렌 도서관이 좋다고 했다. 2천 점에 이르는 필사본이 있는 그곳은 유네스코 세계문화유산으로 등재되었다고도 했다. 대성당도 좋다고 했다. 돌아가는 차 안에서 무주는 어디를 가고 싶냐고 물었고, 나는 어디든 좋다고 고개를 끄덕였지만 딱히 가고 싶은 곳은 없었다. 유럽 어디를 가도 관광지는 다 거기서 거기였다. 중세적인 분위기의 오래되고 종교적인 느낌. 뭔가 있는 것 같은데 그게 뭔지는 모르겠는 경건하고 고급스러운 분위기. 처음엔 멋지지만 계속 보면 지겹고 뻔하다.
　번역원 직원이 세계의 호수라는 곳에 가보라고 했어. 거기 멀어?
　세계의 호수?

무주는 고개를 갸웃거렸다.

모르겠는데.

그때 전화가 걸려왔고 무주는 스피커폰으로 전화를 받았다. 어떤 여자가 독일어로 말했고 무주 역시 독일어로 답했다. 여자의 목소리는 크고 강했지만 느리고 신중한 어조를 띠고 있었다. 무주는 한참 듣고 있다가 무슨 말을 하고 전화를 끊었다.

미안한데 다른 데 들를 시간 없겠다.

어린이집은 가정집처럼 보였다. 간판도 없고 별도의 표식도 없이 초인종 옆에 작은 스티커로 피오리노, 라고 적혀 있을 뿐이었다. 유나는 신발장 옆에 서 있었다. 뭔가에 주눅들어 보였지만 눈은 그렇지 않았다. 선생님의 다리 뒤에 숨어 울고 있는 남자아이를 노려보는 까만 눈동자가 매서웠다. 상황을 파악해보니 유나가 에밋이라는 남자아이의 팔을 물어서 그 아이의 팔에 선명하게 상처가 났다. 무주는 유나의 손을 잡고 꼿꼿하게 서서 선생과 이야기했다.
회색 눈에 턱이 길고 키가 큰 여자 선생은 말이 안
통한다는 듯 답답한 표정으로 무주에게 말하다가
유나와 나를 번갈아 쳐다봤다. 무주는 유나에게 한
국어로 물었다.

유나. 에밋 물었어?

유나는 대답도 않고 고개도 끄덕이지 않은 채 가
만히 있었다. 무주는 선생을 보며 어깨를 한 번 으쓱
올려 보였다. 선생이 고개를 돌려 나를 향해 무슨 말
을 했다. 알아들을 수 없었으나 가만있지 말고 당신
이 이 상황을 해결해보라는 뜻 같았다. 나는 어색하
게 웃으며 손을 내저었다. 무주는 유나의 손을 잡고
어린이집을 나왔다. 차 안에 정적이 감돌았다. 나는
무슨 상황인지 정확하게 파악하지 못하고 눈치만
보고 있었다. 무주는 작게 미소 짓더니 나중엔 소리
를 내고 크게 웃었다.

잘했어.

내내 얼어 있던 유나는 작은 치아를 모두 드러내고 활짝 웃었다.

어린이집에서 아시아 아이는 유나밖에 없어. 여기 아이들에겐 유나가 특별해 보이겠지. 생김새가 너무 다르니까. 속이 훤하게 보이는 푸른 눈동자를 가진 아이들에게는 속이 보이지 않는 까만 눈동자가 신기하게 보였나 봐. 어떤 아이는 호기심을 가졌고 어떤 아이는 무서워했어. 그중에 에밋이 유나의 눈동자를 만져보고 싶어 했어. 자꾸 눈이 찔려 울면서 집에 돌아오는 유나를 안고 내가 어떤 기분을 느꼈는지 너는 모를 거야. 그러던 어느 날 어린이집에서 전화가 왔는데 유나가 다쳤다는 거야. 누군가가 유나의 왼쪽 볼을 깊게 긁었어. 손톱에 팬 상처가 났고 바닥에는 피를 닦아낸 휴지가 뒹굴고 있었지. 선생은 이 사실을 정중하게 알렸지만 누가 그랬는지는 끝까지 알려주지 않았어. 나는 흥분했고 누구에게 사과를 받아야 하는지, 이 상처는 어떻게 해야 하는지 따져 물었어. 선생은 차분한 얼굴로 정책상 불가능하다, 유감이다, 라고만 말할 뿐 어떤 조치도 취하지 않았지. 아이들 일은 아이들 일이다. 가까운 약국을 알려줄 테니 상처에 바르는 젤을 사라. 이딴 소리만 하는 거야. 그때 내가 느꼈던 건 차별이나 억울함이 아니었어. 좌절이랄까. 차이에서 오는 어떤 한계 같은 것을 느꼈어. 이상하지. 그런 순간이 오면 소리를 지를 것 같지만 가만히 있었어. 바보같이 보고만 있었다고. 그런데 유나가 오늘 그 아이에게 복수한 거야. 내가 엄청 속상해하는 걸 알고 있었거든. 똑같이 말해줬어. 약국에서 젤을 사서 바르라고.

늦은 오후 열기 없는 햇빛이 집 안으로 길게 들어왔다. 바람이 불 때마다 더운 공기가 선선하게 바뀌는 게 느껴졌다. 우리는 이른 저녁으로 스파게티를 먹고 커피를 마셨다. 딱딱한 빵에 누텔라를 발라 조금씩 베어 먹었다. 유나는 더 이상 낯을 가리지 않고 근처에 앉아 책을 읽거나 장난감을 갖고 놀았다. 하지만 손을 뻗어 만질 수는 없는 절대적인 거리를 유지하고 있었는데, 어쩌다 눈이라도 마주치면 고개를 홱 돌려버렸다. 전화벨 소리가 들렸고 무주는 전화를 받으러 방으로 들어갔다. 닫힌 방문을 보는데 전화를 건 사람이 남편일 거라는 생각이 들었다. 토끼 인형의 귀를 만지며 노는 유나의 얼굴을 바라보다가 무심결에 무주의 모습과 무주의 것이 아닌 모습으로 나눴다. 눈은 무주의 것이고 집중할 때의 무표정도 무주의 것이다. 하지만 코는 아니고 입술도 아닌 것 같다. 남편은 어떤 사람일까. 무주와는 친할까. 생각하다가 고개를 저었다. 방 안쪽에서 어렴풋하게 들리는 모호한 음성을 들으며 민영 씨가 보낸 메일을 확인했다. 취리히에서 출발하는 가장 빠른 걸로 구해달라고 했더니 사흘 뒤 오전에 출발하는 티켓을 보내줬다. 사흘. 이왕이면 나흘이나 일주일 뒤면 좋겠지만 그것도 다행이다 싶었다. 민영 씨는 지금 꾕

장한 곳에 있다고 했다. 덕분에 여행을 한다고 고맙다고 했다. 요청한 몇몇 서류에 정보를 기입하고 사진 파일을 첨부하고 추신을 덧붙였다.

덕분에 장크트갈렌에 잘 도착했습니다. 다시 한 번 감사하다는 말씀 드리고 싶어요. 아, 그런데 추천해주신 '세계의 호수'가 장크트갈렌에 있는 게 맞나요?

유나와 산책하는 시간인데 같이 갈래?

무주를 따라나섰다. 저 멀리 보이는 언덕까지 산책로가 나 있다고 했다. 오른편으로 기차가 지나갈 때마다 진동과 함께 돌풍이 불어 머리가 날렸다. 상점을 지나고 꽃집을 지나고 놀이터가 있는 공원을 지나자 깊은 골짜기를 잇는 철교가 나타났다. 밑에 까마득한 계곡이 있었는데 다리가 후들거릴 만큼 높은 다리였다. 유나는 신난 얼굴로 혼자 앞으로 뛰어가 우리를 향해 손을 흔들었다. 철교 중간에 경고문이 적혀 있었다. 무슨 뜻이냐고 묻자 무주가 경고문을 읽었다.

Verzweifelt? Stopp. Rufen Sie uns an, darüber reden hilft!

그러곤 아무 말도 않고 정면만 바라보다 말을 얼버무렸다.

마포대교에 붙은 거랑 비슷한 거야. 힘들면 전화하라고. 요즘 너 힘들어?

응? 아니.

그럼 다행. 난 저기에 전화한 적 있는데.

정말? 왜?라고 물어보려다 말고 입을 다물었다.

누군가가 받더라. 그러고는 다정다감한 목소리로 계속 말을 걸어줬어. 그런데 스위스 온 지 반년밖에 안 된 때라서 무슨 말인 줄 모르겠는 거야. 한참 듣고 있다가 그냥 끊었어. 나중에 말 좀 늘면 다시 전화하자, 생각했지.

무주는 다리 밑을 봤고 나도 무주가 보는 곳을 봤다. 모래톱에서 세 사람이 모닥불을 피우고 서 있었다. 조깅 하는 여자와 자전거 탄 남자와 지팡이로 걷는 노인과 커다란 털북숭이 개가 스쳐 지날 때마다 그뤼쥐, 그뤼쥐, 인사했다.

여기 사람들. 정말 건강해. 아니, 강하다고 해야 할까. 뭔가 그냥 육체적으로나 정신적으로나 단단한 게 있거든. 그게 부럽기도 하고 무섭기도 해. 유나를 낳을 때 아주 오래 진통하고 제왕절개를 했어. 서른여섯 시간 진통을 하고 아침 6시에 수술했는데 바로 아이를 받아서 내가 돌봐야 했지. 소변 통을 차고 어기적거리면서. 신생아는 엄마의 돌봄이 최우선이라고. 그런데 나도 그때는 누군가의 돌봄이 필요했거든. 밤 9시가 되니 남편도 병실을 떠나야 해서 그렇게 첫날 밤을 유나와 전쟁같이 보냈어. 수술을 한 탓인지 수유가 되지 않아 밤새 울어대는 유나와 완전히 지쳐버린 날 보면서 간호사는 투박한 독일식

영어로 Life is not easy, 라고 말하고 가더라. 위로인지 훈계인지 모르겠어서 한참을 유나 손가락만 쥐고 있었어. 다음 날 내 옆 침대 독일 여자가 아기를 카시트 바구니에 담아 아무렇지도 않게 퇴원하는 걸 보고 남편도 그저 내가 씩씩해지길 바라더라. 그 건조함과 단단함.

무주는 인상을 찌푸린 채 입술을 다물고 한참 걷기만 하더니 말을 이었다.

그런데 그 말이 맞더라.

무슨 말.

Life is not easy.

어느덧 포장 도로가 끊기고 사람들이 무수히 밟아 생겼을 흙길이 나타났다. 건물도 보이지 않고 도시의 소리도 들리지 않았다. 흙냄새와 잘려나간 풀 비린내와 젖은 나무 냄새가 났다. 넓은 농장에 캐러멜 색의 소들이 한가롭게 놀고 있었고 농장 입구의 가

정집에서는 피아노 치는 소리가 들렸다. 정원의 테이블에 두 명의 노인이 거의 감긴 눈을 끔뻑이며 체스를 두고 있었다. 커다란 새장에 비둘기 한 마리가 앉아 있었다. 새장 문은 열려 있었는데 종이로 만든 새처럼 가만히 있었다.

　너 스위스에서 이렇게 사는 거 보니까 발저 생각 난다. 기억나?

　무주는 기억난다 안 난다 말은 안 했지만 표정에서 무언가를 떠올리고 있었다. 그것이 우리가 함께 걸었던 무수한 산책 중 한 날, 그러니까 무주가 읽고 내게 알려준 스위스 작가 로베르트 발저의 『산책』에서 인상적인 문장에 관해 수다를 떨었던 홍제천과 망원 어디쯤이 떠올랐을 것이다. 내가 읽은 것과 알게 된 작가는 거의 무주가 읽고 알고 난 후였다. 이거 읽어봐. 이 작가 알아? 『산책』도 그렇게 읽게 됐다. 나는 별로 인상적이지 않았으나 무주는 그가 아름답다고 했다. 그게 뭐가 아름답냐고 했더니 한심하다는 표정으로 고개를 저으며 그게 아름다운 거야, 라고 했던 말이 떠오른다. 그 말을 했던 무주와 그 뒤로 펼쳐진 밤의 한강과 수면에 비친 성산대교의 불빛도 함께.

나는 아니고 발저가 그랬어. 작가는 글을 쓸 의무에 용기를 다 써버린 까닭에 사랑에 빠질 용기가 없는 자라고. 알다시피 난 글러먹었어.

무주는 웃었고 나는 웃지 못했다.

장크트갈렌 왔을 때 여기 사람들에게 스위스에 대해 알은척을 하고 공감대를 형성해보려고 로베르트 발저를 좋아한다고 했더니 아무도 모르더라고. 정말 아무도 몰라.

빈 대학에서 학생들하고 밥을 먹었는데 그때 나도 비슷한 마음으로 토마스 베른하르트를 좋아한다고 했더니 누군지 모르더라고. 빈 대학을 나온 유명한 작가라고 했더니 아, 하더니 그냥 웃기만 하더라.

아직도 넌 그런 걸 기대하는 거야? 이쯤 됐으면 포

기할 줄도 알아야지. 그나저나 한국 언제 가?

사흘 뒤 취리히에서 오전 비행기 탈 것 같아. 그런
데…… 내가 더 머물러도 돼?

상관없어. 내일은 장크트갈렌 시내 관광 좀 해. 여
기까지 왔는데.

그래. 봐서. 그런데 무주야.

응.

너 이야기할 때 남편 이야기는 안 하네. 없는 사람
같아. 일부러 그래? 나 때문에?

그랬나. 네가 불편해할 수도 있고.

정말 그 이유야?

무슨 말이 듣고 싶은데? 혹시 내가 불행한가……
궁금한 거야?

아니. 그런 건 아니고.

잘 지내. 갈등 없고 화목해. 막 끈끈한 가족 같진
않아. 남편은 과거 때문인지 가족에 대해서는 적당
히 무심한 편이야. 서로 좋지 뭐. 하우스메이트처럼

늘 존중하고 조심하며 지내거든. 내 새끼. 목숨보다 중요한 내 가족. 이런 스타일은 아니지.

나는 더 깊게 들어가는 게 좀 이상할 것 같아서 말을 돌렸다.

암튼, 넌 좋겠다. 이렇게 평화로운 곳에 살아서.

무주는 좋지, 라고 말하고 한참 뒤에 좋아, 라고 작게 덧붙였다.

유나는 막대기를 들고 휘두르며 강아지처럼 뛰어다녔다. 멀리서 무주에게 손을 흔들거나 환호성을 질렀다. 그러곤 전력으로 달려와 무주에게 돌멩이를 줬고 내게도 돌멩이를 줬다. 빨간색과 노란색이 섞인 아몬드 모양의 돌멩이였다. 유나는 아무 설명 없이 다시 어디론가 달려갔다. 나는 손바닥 위에 돌멩이를 놓고 한참 바라보다 바지 주머니에 집어넣었다. 그때부터 시선을 바닥에 두고 열심히 돌멩이를 찾았다. 무주는 스위스 소의 예쁨에 대해 말했다. 얼마나 예쁜지 세계 예쁜 소 경연대회에서 계속 일등만 한다고 한다. 그래. 그렇구나. 그러거나 말거나 나는 계속 돌멩이를 찾다가 드디어 뭔가를 찾았다. 한가운데는 녹색 점이 박혀 있고 주위엔 토성의 고리 같은 선들이 감싸고 있는 엄지 크기의 돌이었다. 나는 수풀을 뒤지는 유나에게 다가가 돌멩이를 건넸다. 유나는 내 손바닥 위의 돌멩이를 아기 새 보듯 조심스럽게 요리조리 살펴본 뒤 흡족한 미소를 띠며 가방을 열어 쏙 집어넣었다. 나는 오른손을 들고 말없이 유나를 바라봤다. 유나는 잠시 망설이더니 하이파이브를 해주고 농장을 향해 달려갔다. 무주가 말했다.

네가 마음에 드나 봐. 유나는 돌멩이를 보석이라고 생각하거든. 아무나 안 주고 아무 돌이나 가방에 넣지 않아.

유나는 누굴 닮았어?

글쎄.

무주는 농장의 얼룩무늬 개와 놀고 있는 자신을 닮은 여자아이를 무심히 쳐다봤다.

반씩 닮았겠지.

그렇겠지. 나는 호주머니에 손을 넣고 돌멩이를 만지작거리다 물었다.

남편은 어때? 너랑…… 어때?

좋은 사람이지. 나랑…… 좋고.

그러곤 무주는 한참 동안 말도 없이 웃기만 했다.

그게 그렇게 궁금했어?

아니, 난.

됐어. 말했듯 목수야. 주로 가정용 사우나 만들고. 그게 멋져. 나무를 만지는 사람이 갖는 단순함과 고상함이 있거든. 나무 냄새가 나는 것 같은 사람이야. 말투에서도 눈빛에서도 단단한 식물 같은 느낌이 들거든. 건조하고 단순하지만 복잡하지 않지. 어쩌면 평생 지켜왔을 규칙적인 삶의 패턴이 있고 특별히 욕망하는 것도 참는 것도 없이 아주 단순한 생활

양식을 갖고 살아. 일을 시작하기 전 정확하게 시간을 계산해내고 그 시간 안에 일을 끝낼 수 있도록 스스로도 하나의 도구처럼 살아가. 그래서 좋아. 그래서 모르겠는 것도 있고. 그런 사람 만나본 적 있어? 나쁜 기억이 없는 것 같은 사람. 비밀이 없는 사람. 그렇게 투명하고 정직한 방식으로 착한 사람이야.

무주는 흘러내린 머리카락을 귀 뒤로 넘겼다. 손등에 붙은 반창고의 미키마우스가 깜찍하게 웃고 있었다.

그런데 어떻게 결혼까지 한 거야?

남편은 당시 내가 맡은 프로그램에 출연하기로 한 상태였고 대본 때문에 미팅을 몇 번 했어.

아마 입양 관련 다큐였지. 그거 엎어지지 않았어?

그랬지. 남편은 세 살 때 독일로 입양되고 쭉 스위스에 살았는데 부모를 만나러 한국에 들어온 상태였어. 그런데 부모가 재회하는 것을 거부하더라. 뭐 어쩌겠어. 만나기 싫다는데. 그도 제작진도 실망했지만 애써 의연한 척하며 프로그램을 마무리했지. 그때 남편이 말하더라. 나를 보러 다시 한국에 와도 되냐고.

그래서?라고 묻는 눈으로 무주를 봤다. 무주는 입술을 꾹 다물고 생각에 잠겼다.

그러지 말고 내가 스위스에 갈게요. 이렇게 말했어. 지금 생각해도 참 이상해. 왜 그렇게 말했을까?

무주는 손나팔을 만들어 유나를 불렀고 먼 곳에 있는 유나가 손을 흔들며 달려왔다. 무주는 느리게 걷던 걸음을 멈추고 하늘을 봤다. 해는 산 너머로 숨었다. 하늘의 반쪽은 노을로 붉었고 나머지 반쪽은 검게 물들어갔다. 유나가 안아달라고 칭얼거렸고 무주는 유나를 업었다. 유나는 흙이 묻은 엄지를 입에 넣고 눈을 반쯤 감았다. 우리는 잠시 말없이 걸었다. 나는 허공을 향해 말했다.

이상하다. 이렇게, 여기서, 이런 상황에, 너와 만나고 있다는 게. 엄청 어색할 줄 알았는데 그래도 괜찮네.

무주가 내 말을 끊고 말했다.

그런 이야기하고 싶어? 옛날이야기? 뭔가 애틋하고 묘한 그런 거 느껴보고 싶어서 그러는 거야?

아니, 아니. 그런 게 아니라.

넌 어떤지 모르겠는데 나는 너 보는 거 아무렇지 않아. 아무렇지 않으니까 이렇게 만나는 거 아무 일도 아니야. 그러니까 너도 협조 좀 해. 괜히 유럽 왔다고 낭만 타령 하지 말고.

누가 뭐래.

무주는 물끄러미 내 옆모습을 바라봤다.

그래도 네가 그런 표정 하고 있으니까 좋네.

뭐가?

내가 이긴 것 같아.

무주는 웃었다. 그 웃음이 유나의 웃음과 너무 흡사해서 마음이 이상해졌다. 아무 일도 아니라는 그 말이 당연하고 또 너무 다행이지만 왜인지 기분을

상하게 했다. 나는 뭔가 올라오려는 것을 꾹 삼키고
말했다.

미안해.

뭐가?

그냥…… 약속 안 지키고 연락한 거. 네가 부탁한
건데 내가 선을 넘어버렸어.

정적이 흘렀다. 무주의 얼굴을 살폈지만 감정을
읽어낼 수 없었다. 무주는 5분쯤 그렇게 입을 다물
고 있다가 담담한 말투로 말했다.

괜찮아. 오래된 일이야. 넌 원래 네 마음대로 하잖
아. 메일 보고 솔직히 놀랐어. 그런데 오후가 지나고
밤이 지나고 새벽이 되자 괜찮아지더라. 너답다고
생각했어. 넌 늘 너 하고 싶은 대로 했으니까. 빈에
왔겠지. 마침 내 생각이 났겠고 이참에 오랜만에 만
나는 것도 좋겠다, 생각했겠지. 선 같은 거 없어. 감
정이 선이야. 감정이 없다면 지킬 선도 없는 거지.

담담하게 말하는 무주의 음성 속에 희미하게 증오

가 섞인 게 느껴졌다. 내가 무슨 말을 하려고 했더니 무주가 손을 들어 말을 막았다.

그런데. 막상 너 보니까 당황스러운 건 있다. 이런 얼굴을 하고 있을 줄은 몰랐거든. 넌 우리가 그때 어땠는지, 왜 헤어졌는지, 다 잊은 것 같다. 세월이 조금 흘렀다고 세상에, 그런 멍청이 같은 얼굴을 하고 미안하네 어쩌네 이런 이야기를 하다니 놀라워. 근처 와서 만나러 왔다, 이런 거면 차라리 이해했을 텐데 네가 이런 모습 보이니까 이상해. 기분도 이상하고.

무주의 걸음이 조금 빨라졌고 자연스럽게 내가 한 발 뒤처지게 됐다. 유나는 어느새 잠들었고 우리는 말없이 점점 어두워져가는 길을 묵묵히 걸어갔다. 조깅 하는 사람도 자전거 탄 사람도 지나가지 않았다.

4.

그때 어땠나. 만날 사람도 많고 챙겨야 할 사람도 많았던 분주했던 그때. 해외에서 상 하나 받았다고 뉴스 인터뷰, 잡지 인터뷰, 각종 시사회와 담론장에 참석하거나 불려 나갔다. 화보도 찍었다. 잘나가는 배우들이 알은척을 했고 악수를 청했고, 감독님 작품 해보고 싶다고 입에 발린 소리를 하는 신인 배우들도 있었다. 그땐 내가 뭐라도 된 줄 알았고 뭐라도 될 줄 알았다. 오만한 건 아니었고 주위에서 하도 그렇다니까 정말 그런가 보다 생각했다. 세계가 모든 문을 열고 나를 환대하는 카펫 위를 얼떨떨하고 쑥스럽게 웃으며 걸었던 서른한 살. 왜 헤어졌나. 무주네가 다른 사람이 생겼다고 했잖아. 당황한 내게 놀

리듯 시비 걸듯 화나냐고 조롱하며 갑자기 사라졌
잖아.

　무주는 유나를 씻기고 있다. 끈적거리는 이마를
맑은 물로 씻기고 흙과 먼지가 내려앉은 머리에 하
얀 거품을 내 부드럽고 꼼꼼하게 감겼다. 동그란 이
마에 묻은 거품을 닦아내고 입을 맞출 때마다 유나
는 웃었다. 그런데 이상하지. 그때 무주의 모습이 잘
생각나지 않는다. 그때 무주가 무슨 생각을 하고 살
았는지 희미하다. 우리는 열정의 에너지로 강하게
끌리기보다 낮은 긴장 가운데 편하게 휴식을 취하
는 4년 차 연인이었다. 삶의 우선순위와 균형감이
무너지는 것으로 사랑을 확인하고 에너지를 키워가
던 시절은 지나온 소위 권태기라고 할 수 있는 상태.
하지만 무주도 나도 그 편안함이 좋다고 했다. 그런
데 이상하지. 왜 나는 헤어지고 나서 무주가 밉다거
나 억울하다거나 화가 난다거나 그러지 않았을까.

시간이 많이 흐른 뒤 그저 슬퍼지고 쓸쓸해지고 나중엔 텅 빈 것 같은 공허함으로 무주의 빈자리를 확인했을 뿐이다. 무주가 수건을 내게 내밀며 말했다.

유나 머리 좀 말려줘.

무주는 세탁실에 내려갔다. 유나는 동화책을 바닥에 놓고 등을 돌린 채 가만히 앉아 있었다. 나는 드라이어를 약하게 작동시켜 수건으로 머리카락을 비비고 탈탈 털어내며 꼼꼼하게 말렸다. 유나는 기분이 좋았는지 흥얼거리기 시작했고 이것 좀 보라며 손가락으로 그림을 여기저기 가리켰다. 손가락이 움직일 때마다 나는 오, 오, 해줬고 유나는 어깨를 으쓱거렸다. 유나는 보물 돌멩이들을 바닥에 부려놓고 나로선 알 수 없는 어떤 법칙과 순서로 계속해서 위치 이동시켰다. 내가 준 돌멩이가 가운데에 있었고 다른 돌멩이들이 그 주위를 점점이 에워쌌다. 나는 내가 준 돌멩이가 토성처럼 보여서 손가락으로 가리키며 별, 이라고 말했다. 유나는 잠시 그 말을 생각하더니 벨트라움, 이라고 했다. 그 말이 무슨 뜻인지 몰라 돌멩이만 쳐다보고 있었는데 세탁물이 든 바구니를 거실에 내려놓고 무주가 말했다.

　우주.

　그러고 보니 돌멩이들이 태양계의 행성처럼 보였다. 오, 유나 우주가 뭔지 알아?라고 했더니 유나는 새침하게 고개를 돌렸다.

　무주와 차분하게 이야기해보고 싶었는데 그럴 수 없었다. 유나는 자주 울거나 놀아달라고 보챘고 전화도 계속 걸려왔다. 대화는 겉돌았고 어색하지 않은 척했지만 어색함을 감추기가 어려울 정도로 말이 자주 끊겼다. 하고 싶은 말은 많았지만 겨우 밖으로 꺼낸 건 다 하나 마나 한 말이었다. 감정에 관해, 마음에 관해, 시간에 관해, 그때에 관해 말하고 싶었지만 조금이라도 그런 기미를 보이면 무주는 불편해했다. 우리는 맥주 한 캔 들고 한두 모금 마시는 동안 대화의 톤을 잡지 못해 헤맸고 결국엔 서로의 삶이 즐겁지 않다는 주제로 징징거렸다. 무주는 지루한 일상과 맛없는 음식에 대해 말했다.

처음 여기 왔을 땐 여유롭고 한가한 일상이 좋았어. 해만 기울면 상점들이 문을 닫고 휴일에도 문을 닫지. 밤에 돌아다니는 사람들도 없고 소리 내는 이들도 없어. 순진한 아이들처럼 밤 되면 자는 세계에 요람처럼 누워 한동안 잘 지냈어. 그런데 곧 심심해지더라. 이런 걸 원했다고 생각했는데 아니었어. 세계는 분주하고 나는 여유로운 그런 상태를 원했던 거지. 세계 자체가 여유로우니까 한가함은 심심함으로, 심심함은 지루함으로, 지루함은 게으름으로, 느낌이 달라지더라고. 음식도 너무 우울해. 사람들이 먹는 재미를 몰라. 빵은 딱딱하고 차갑고 달지도 않고 짜지도 않아. 건강은 하겠지만 건강해서 뭐 해, 정신이 죽을 맛인데. 옆집 여자는 독일인을 혐오하는데, 이유가 음식을 너무 좋아해서야. 소시지와 슈니첼을 산처럼 쌓아 게걸스럽게 먹는다고 야만적이 래. 난 그렇게 좀 먹어보고 싶다, 정말. 다른 건 몰라 도 옛날에 우리 새벽에 작업하다가 야식 먹으러 다 니던 거 종종 생각나. 그렇게 먹어본 적이 없어. 그렇 게 먹을 사람도 없고.

무주가 '우리'라는 단어를 사용하는 게 마음을 건 드렸다. 나는 고개를 끄덕이며 우리 그때 재밌었는데, 라고 들릴락 말락 한 소리로 중얼거렸다. 무주는 그 말엔 아무 말도 잇지 않고 넌 어때?라고 물었다. 나는 그냥 저냥, 뭐. 신세 한탄을 늘어놓기 시작했다.

뭘 어떻게 해야 할지 모르겠어. 이제 곧 마흔이야. 이 판에서 사실상 퇴출 수순을 밟아야지. 한때는 잘 될 줄 알았지. 나보다 뒤에 있다고 생각했던 애들이 하나씩 앞으로 치고 나가고 든든한 줄이라고 생각 했던 선배들이 모두 이런저런 일로 망해버렸어. 정치 권에 붙었다가 정권 바뀌고 감옥 가고, 어떤 선배는 3년째 소송 중이야. 옛날에는 내 이름 검색하면 내가 가장 먼저 나왔는데 지금은 세 번째야. 첫 번째는 전국체전에서 우승했다는 중학교 수영 선수고 두 번째는 먹방을 한다는 유튜버지. 내 기사는 아무것도 없어. 2년 전 영화와 관련된 기사만 몇 개 있을 뿐이야. 이제 아무 생각도 안 나. 대중성도 작품성도 미학 같은 것도 다 엉망진창 곤죽이 되어 머리엔 똥만 가득 찬 것 같아. 내 연출로 있었던 녀석들이 배우 하나 잘 만나서 셀럽이 된 모습을 보고 있으면 속이 찢어질 것 같아. 숨을 쉬어도 쉬어지지가 않아. 폐가 다 콘크리트로 변해버린 것처럼 답답하고 무거워. 예전엔 거들떠도 보지 않던 대학 강의도 한 과목이라도 해보려고 부산도 가고 광주도 가고 전주도 가고 강릉도 가.

이런 이야기 절대로 안 하고 싶었는데, 특히 무주 앞에서는 더더욱 안 하고 싶었는데, 막상 무주가 맞은편에 앉아 있으니 옛 버릇이 슬슬 나왔다. 무주는 예전 그때처럼 고개를 끄덕이며 다 들어줬다. 한번 말이 나오기 시작하니 계속 나오려고 했다. 온갖 자학을 늘어놓고 무주에게 위로받고 싶었다. 아니야. 괜찮아. 그 말이 듣고 싶었다. 그 순간 전화가 걸려왔고 무주는 전화를 받으러 방으로 들어갔다. 방에서 나온 무주의 표정은 통화 전과 묘하게 달라져 있었다. 눈도 깜박이지 않고 고개를 전혀 움직이지 않은 채 한참 서서 어두워져가는 창밖을 바라봤다. 그 표정의 의미가 뭐였더라. 너무 잘 아는 표정이었는데 기억이 나지 않는다. 잃어버린 건 아니지만 잊어버렸다. 때마침 유나가 졸린 눈을 비비며 안아달라고 보채기 시작했다. 무주는 유나를 들어 품에 안고 방으로 들어갔다.

　아무래도 재워야겠어. 이따 시간 나면 이야기 더 해.

　거실에 우두커니 앉아 있다가 화장실에 갔다. 흐르는 물에 손을 넣고 거울을 봤다. 지금 내가 뭐 하고 있는 거지? 후회가 밀려들었다. 긴 시간 소중하게 간직했던 무언갈 한순간의 실수로 망쳐버린 것 같은 기분에 마음이 꼬깃꼬깃 구겨졌다. 당장이라도 캐리어를 끌고 이 집을 뛰쳐나가고 싶었다. 밤 기차를 타고, 야간 버스를 타고 여기로부터 전력으로 멀어지고 싶었다. 짧게 숨을 훅, 하고 내뱉었다. 허리를 꼿꼿하게 펴고 손을 비벼 열을 낸 뒤 따뜻한 손바닥을 눈에 댔다. 열기가 눈두덩에 전해졌고 차분한 기운이 서서히 번져가는 게 느껴졌다. 마음이 어둡고 어떤 것도 견딜 수 없을 정도로 신경이 예민할 때 무주가 해줬던 방법이었다. 무주의 손바닥 열기가 눈꺼풀에 닿으면 입이 닿을 수 없는 깊숙한 곳에 키스를 해주는 기분이 들곤 했다. 그게 너무 좋아서 무주 무릎을 베고 누워 지금 응급 상황이라고 죽는소리를 했고, 그때마다 무주는 손바닥을 비벼 눈을 만져줬다. 얼굴에 열이 오르려 한다. 얼굴에 물을 묻힌 뒤 마른 수건으로 꼼꼼하게 닦아내고 밖으로 나왔다.

조심히 걸어도 복도는 삐걱거렸다. 발을 옮길 때

마다 벽과 가구가 미세하게 진동했다. 방으로 들어가려다가 옆방을 봤다. 문은 닫혀 있었지만 전날 문틈으로 살짝 본 장면이 사진처럼 눈앞에 나타났다. 문고리를 서서히 돌려 문을 열고 미끄러지듯 옆방으로 들어갔다. 문을 닫고 깜깜한 방에 서 있다가 벽을 더듬어 스위치를 찾아 올렸다. 무주 남편의 방이기도 했고 무주의 방이기도 했다. 작은 방이 두 개로 나뉘어 있었다. 잿빛 천이 깔린 나무 테이블 위에 섬세한 선으로 그려진 도면들이 놓여 있었다. 벽에는 커다란 나무 판에 톱, 사포, 길이와 진하기가 다른 연필, 알루미늄 직각자, 고무망치와 망치, 조각도, 드라이버, 펜치, 가위가 꽂힌 가죽 파우치 등의 도구들이 걸려 있었고, 유리가 달린 장엔 나로선 용도를 알 수 없는 각종 화학약품 통이 들어 있었다. 테이블에도 도구에도 톱밥 하나 볼 수 없을 정도로 깔끔하게 정리되어 있었다. 남편의 성격과 직업을 대하는 태도 같은 것이 느껴졌다. 맞은편엔 커다란 책장이 두 개 있었고 1인용 안락의자와 책 한 권 놓을 수 있는 작은 테이블이 있었다. 그곳은 한눈에 봐도 무주의 영역이었다. 책장에 서서 책을 봤다. 마음이 높게 일렁이는 게 느껴졌다. 무주의 책들. 거기엔 내 책도 있고 무주의 책이지만 내가 읽은 것도 있고 누구의 것이라고 할 수 없는 우리의 책도 있었다. 제목을 하나씩 입술에 올려 작게 읽어봤다. 나는 책을 한 권 꺼내 무주가 앉았을 안락의자에 앉았다. 무릎에 놓인 책을 가만히 바라봤다. 무주의 책이었고 나중엔 내 책이었다가 어느 날부터 우리의 책이 되어 우리의 책장에 꽂혀 있던 책. 종종 이 책이 생각났다. 찾을 수 없었다. 어딘가에 있을 거라고 막연히 생각했지만 무주에게 있을 거라고는 예상하지 못했다. 우리의 모든 것을 다 버렸을 거라고만 생각했는데…… 등받이에 상체를 기댔다. 상체가 뒤로 넘어가면서 자연스럽게 눈이 감겼다.

무주는 헤아리기 어려운 마음을 갖고 있다. 끝이

보이지 않고 속이 비치지 않는 바다와 같다. 무주는 마음을 말하지 않았고 묘사도 하지 않았다. 간혹 무슨 말을 하더라도 눈동자와 표정에서는 어차피 전해지지 않을 거라는 어두운 전망이 보였다. 말해보라고, 설명해보라고 채근하면 곤란한 표정을 짓다가 그저 나를 꼭 안아줬다. 걱정 마. 괜찮아. 이런 말만 했다. 그나마 무주의 마음을 엿볼 수 있었던 건 책에 그어진 밑줄을 발견할 때였다. 나는 두꺼운 색연필로 조금이라도 마음에 들면 곳곳에 밑줄을 남발했는데 무주는 날카롭게 깎은 H연필로 희미하게 몇 부분에만 밑줄을 남겼다. 나는 무주가 남긴 문장을 곱씹으며 무주의 생각과 마음을 겨우 헤아려볼 뿐이었지만 그것조차 정확히 알지 못했다. 어떤 단어에는 아무 설명 없이 동그라미를 그렸다. 광물, 마비, 구부러진 새의 발가락, 자동차의 검은 유리창 같은 단어를 풀 수 없는 수수께끼처럼 몇 번이고 입에 올려 중얼거리기도 했다. 어쩌다 같은 책의 같은 문장에 같은 밑줄을 긋는 경우가 있었다. 지금 손에 들고 있는 『보이지 않는 도시들』의 몇 문장처럼.

쿠빌라이가 말했다.

"솔직히 말해, 난 한 번도 그들을 생각해본 적이 없네."

폴로가 말했다.

"그러면 존재하지 않는 겁니다."*

균질하지 않은 색연필의 구불구불한 선 속을 관통하고 있는 얇고 희미한 선은 뼈처럼 단단하고 칼처럼 날카롭다. 단단하고 날카로운 무주의 밑줄. 그러면 존재하지 않는 겁니다, 라는 문장엔 연필로 그린 타원형의 동그라미가 있었다. 생각하지 않으면 존재하지 않아. 그것에 대해 말한 날이 떠오른다. 우리가 함께 살던 망원동의 작은 원룸. 창밖엔 폭설이 내리고 있었고 우린 두꺼운 이불 밑에서 벗은 몸으로 엎드려 있었다. 무주는 책에 밑줄을 그었고 나는 무주의 등에 손가락으로 투명한 밑줄을 그었다. 어릴 때 심장이 아파 수술을 했다던 왼쪽 등에 나이키 모양으로 그어진 단단하고 부드러운 흉터를 붓으로 덧칠하듯 수도 없이 만지고 쓰다듬었다. 생각하면 존재하고 생각하지 않으면 존재하지 않는다. 무주야 난 네가 좋아하는 책이 어렵다. 그런데 이 문장엔 왜 밑줄을 그었어? 나는 모르겠어. 무주야. 모르겠어. 애써도 모르겠다고. 그때마다 무주는 입술을 굳게 다물고 미소를 짓거나 짓지 않았다. 이럴 땐 〈아바타〉의 나비족처럼 머리에 촉수 같은 게 있으면 좋겠다. 서로의 촉수를 연결하면 그냥 다 알 텐데. 느낌도 감정도 감각도 무너지는 기분도 어두운 슬픔도 설명할 필요 없이 그냥 다 알게 될 텐데.

그래서 무주는 처음부터 포기했던 걸까. 전하려는 시도도, 설명하려던 시도도, 설득하려는 노력도 하지 않았다. 아니, 처음부터 그랬던 건 아니다. 내가 바보 멍청이처럼 계속 몰라서, 계속 모른 채로 있어서, 포기하고 말았겠지. 어쩌면 내 약속과 다짐까지 모두 믿지 못했을 수도. 『보이지 않는 도시들』을 책장에 다시 꽂고 눈으로 무주의 책을 사진 찍듯 오래 바라봤다. 독일어로 된 책을 한 권 꺼냈다. 작가 이름도 작품 이름도 모르겠다. 새 책처럼 보였지만 펼쳐보니 희미하게 밑줄이 그어져 있었다. 나는 밑줄 위의 문장을 어리석은 눈과 마음으로 바라봤다. 한참 그렇게 들고 있다가 셔츠 안쪽에 집어넣고 불을 끄고 방을 나왔다.

창문을 열고 바깥을 봤다. 가로등 켜진 거리는 텅 비어 있고 동네는 고요했다. 옆집 남자가 소파에 깊숙이 몸을 집어넣고 맥주를 마시며 축구 중계를 보고 있었고 어디선가 바람에 실려 음악 소리가 들렸다. 노래는 볼륨이 너무 작고 음성은 불분명해 무슨 곡인지 알 수 없었다. 하지만 뭉개진 사운드 속에서 툭툭 튀며 들리는 리듬이 어떤 노래 하나를 귓가에 들리게 했다. 그건 분명히 아케이드 파이어의 「Crown of love」일 것이다. 나는 속으로 노래를 따라 불렀다. If you still want me, please forgive me……. 기차가 지나갔고 이름 모를 커다란 새가 기묘한 소리를 내며 날아갔다. 하늘색이 짙어지고 별들이 선명한 빛을 발했다. 어두운 하늘에 그어진 검붉은 비행운 하나. 이제 곧 10시인데 아직도 바깥은 완전히 어두워지지 않았다.

바닥에 누워 두 팔을 머리 밑에 넣고 계속 흥얼거렸다. 이불을 말아 다리 사이에 끼웠다. 더는 노래가 들리지 않았지만 머릿속에서는 노래 볼륨이 더 커졌고 가사도 또렷하게 들렸다. The crown of love has fallen from me. 이어폰을 꺼내 귀에 꽂고 「Crown of love」를 반복 재생했다. 후렴구에서 내지르며 노래하는 목소리와 쿵쾅쿵쾅 커지는 악기들 소리가 나를 여기 아닌 다른 곳으로, 지금 아닌 옛날로 자꾸만

떠민다. 허공을 손가락으로 짚으며 에어 기타를 연주하고 입술을 움직여 가사를 따라 읊었다.

Your name is the only word that I can say…….

그 밤. 노트북을 꺼내 뭔가를 썼다. 몇 줄이 몇 장이 되고 한 장면이 몇 장면으로 늘어났다. 감정도 감각도 번져나갔다. 흐름이 생기고 그림이 만들어졌다. 다 지어냈지만 그래서 진짜가 아니지만 모든 장면엔 내가 있었다. 무주에게 연연하고 있는 내가 있었다. 그런데 어쩐지 잘 쓴 것 같다. 쓴 것을 무주에게 보여주고 싶었다. 헤어진 후로 무주 같은 사람을 만난 적이 없다. 나중에 알았다. 나는 그저 무주 같은 사람을 찾고 있었다는 것을. 나중에 알았다. 어차피 무주 같은 사람은 없을 테니 열기 없는 빈 마음으로 사람을 만났다는 것을. 다시 보고 싶다. 나 아니면 안 된다는 그 표정을. 그 말을. 그 눈빛을. 이 감정이 과잉되었다는 것을 안다. 그것이 쪽팔리고 스스로도 견딜 수 없다. 하지만 무주에게는 억지를 부리고 싶다. 이 상태를 들키고 싶다. 계속 못되게 굴고 싶은 마음이 텅텅 소리를 내며 울렸다.

 이따 이야기하자던 무주는 방에서 나오지 않았다. 불을 끄고 자리에 누웠다. 누워 있기 싫고 눈을 감기도 싫다. 이따금 유나가 우는 소리가 들렸고 나는 뒤척였고 밤은 점점 깊어졌다. 감춘 마음 앞에서 두려움을 느꼈다. 그 마음이 품고 있을 감정이 무엇인지 모르겠다. 알고 감춘 게 아니라 몰라서 감추고 있는 것. 사라지지도 소멸되지도 않은 채 자리를 차지하고 있는 내가 모르는 마음. 담요를 머리까지 뒤집어쓴 채 이 시간을 통과하려 애쓰고 있다. 방이 좁게 느껴진다. 사방에서 벽들이 조여오는 느낌이다. 속이 빈 나무 속에 꽉 박혀 있는 기분이다. 메일을 확인했다. 민영 씨에게 답이 와 있었다. 한국학과 학생들과 함께 찍은 다섯 장의 사진이 첨부되어 있었고 추가 질문이 있었다. 질문을 읽고 웃고 말았다. 마티아스가 맞은편에 앉아 답답하다는 표정으로 코끝에 걸린 안경을 올려 쓰며 묻고 있는 것 같았다. 그런 것들이 그렇게 궁금할까. 그렇게나 답답한 걸까. 민영 씨는 친구를 만나 호숫가 별장에서 아무것도 안 하고 3일 동안 머물렀다고 했다. 처음으로 낚시도 하고 사냥도 해봤는데 재능이 있는 것 같다고 자랑도 했다. 그러곤 내게 물었다.

한 감독님은 어떻게 지내시나요? 장크트갈렌은 잘 있나요?

잘 있는 걸까요? 낯선 방에 누워 있습니다. 오래전 애인의 집에 누워 있어요. 옆방은 그의 남편 방이고 그 옆방엔 그와 그의 딸이 잠들어 있습니다. 왜 나는 여기에 누워 있는 걸까요? 장크트갈렌이 어떤 도시인지 전혀 모르겠어요. 그렇게 혼잣말을 하고 스스

로도 어이가 없어 쓸쓸하게 웃고 말았다. 민영 씨는
한국에 돌아가서 만나자고 인사한 뒤 한 줄 띄고 추
신을 붙였다.

P. S. 아, '세계의 호수'가 아니라 '세 개의 호수'
예요. of the world 가 아니라 three.

울음소리에 잠에서 깼다. 유나가 울고 있었다. 칭
얼거리는 정도가 아니었다. 거의 비명에 가까웠다.
겁에 질려 날카롭게 울부짖는 소리는 바로 옆에서
들리는 것처럼 크고 위압적이었다. 새벽 4시. 캄캄
한 어둠 속에서 잔비가 내렸고 창 너머로 보이던 예
쁜 집들은 시꺼먼 바위처럼 보였다. 나는 걱정스러
운 마음에 무주와 유나가 있는 방문 앞에 서서 망설
이다가 작게 노크를 두 번 하고 조심스럽게 방문을
열었다. 취침등의 희미한 빛이 먼저 보였고 바닥에
누워 우는 유나가 보였고 그 옆에 무릎을 껴안고 웅

크리고 앉아 고요하게 유나를 바라보는 무주가 보였다. 딸이 우는데 무주는 안아주지도 않고 달래주지도 않고 가만히 있었다. 물속을 들여다보듯 물끄러미 바라보는 두 눈은 피곤에 반쯤 감겨 있었고 붉게 충혈되어 있었다. 내가 무슨 말을 하려고 하자 무주는 살짝 손을 들어 조용하라는 신호를 줬다. 그렇게 유나는 울고 무주는 가만히 있고 나는 그 둘을 초조하게 바라봤다. 무겁고 괴로운 5분이 흘렀고 유나는 점차 울음을 그쳤다. 유나의 이마에 땀이 맺혀 있었다. 그제야 무주는 유나의 이마를 수건으로 닦아내고 깊숙하게 껴안았다. 가사 없는 낮고 고요한 노래를 흥얼거려 유나의 귓가에 흘려 넣었다.

야경증이야.

유나가 잠든 걸 확인하고 무주는 거실로 나와 의자에 앉았다. 벗어놓은 옷처럼 의자에 힘없이 걸쳐져 무주는 한동안 아무 말도 하지 않았다.

오늘도 무서운 꿈을 꾸나 봐. 원래 하루에 한두 번 정도 약하게 저러는데 오늘은 어린이집에서 스트레스를 받아서 그런지 특히 심하네. 저럴 땐 억지로 깨우면 안 돼. 흔들거나 소리를 지르면 꿈이 더 무섭게 변하거든. 그냥 스스로 빠져나올 때까지 옆에서 기다려주는 수밖에 없어. 놀랐어?

아니.

무주는 헝클어진 머리를 손으로 대충 빗어 고무줄로 묶었다.

여기까지 왔는데 이야기도 별로 못 하고 좋은 구경도 못 시켜주고 미안해.

아니야. 아니야, 절대.

지친다.

무주는 작게 한마디 하고 길게 숨을 내쉬었다. 무주의 말엔 진하게 피곤이 느껴졌고 잠기운이 묻어 있었다.

나 잠을 잘 못 자. 유나 저렇게 밤새 울고 나면 혼

자 먼 곳에 떠밀려 온 기분이야. 낯선 해변에 허리 아래로 다 젖은 채 우두커니 앉아 있는 것 같아. 예전에 시내에서 교통사고 현장을 봤어. 여기도 하얀 선으로 윤곽선을 그리더라. 사람이 죽었다고 들었는데 내가 본 건 죽은 사람은 아니었고 분필로 그려진 사람이었어. 하얀 선 안에 갇혀 아기처럼 웅크린 자세로 아스팔트 위에 누워 있었어. 모양이 꼭 초음파 사진 속 태아 같더라. 그 후로 이따금 분필로 그려진 사람이 생각나. 침대에 모로 누워 웅크리고 있으면 주위에 흰 선이 보이는 것 같아. 투명한 유령처럼 1그램의 존재감도 없이 존재하는 것 같아. 아무도 나를 못 보고 누구도 나를 기억하는 사람이 없는 것 같은 기분. 내 표정을 살피는 사람, 내가 살아 있다는 걸 확인하는 사람도 없는 것 같은 기분.

남편 있잖아.

있지. 있는데 없기도 해. 이 남자에겐 가족에 대한 증오심이 있어. 자신은 존재하는 줄 모르는 깊은 증오심. 자신과 타인, 나아가 가족까지 근본적으로 불신하는 마음 같은 거 말이야. 불 같은 거라면 노력해서 꺼주거나 함께 노력해볼 텐데 연기 하나 피어오르지 않는 잿더미 같은 마음이야.

나는 식은 커피를 한 모금 마시고 식탁 위의 쿠키를 집어 접시에 올려 무주에게 건넸다.

너. 자야겠다. 피곤해 보여.

무주는 무표정한 얼굴로 쿠키를 씹었다.

마갈 먹고 싶다.

어이가 없어 웃고 말았다. 하지만 계속 웃을 순 없었다. 무주의 음성에 장난기가 없었다. 무주는 절실하게 말하고 있었다.

그래도 네가 고기는 잘 구웠지. 무심하게 집게를 이리저리 돌리다가 딱 알맞을 때 불판에서 고기를 꺼내 접시에 올리면 빛깔이 아주 그냥.

무주는 희극을 읽는 비극 배우 같았다.

나중에 한국 들어오면 가자. 잘 구워줄게. 그때까

지 마포갈매기 안 망하겠지?

무주는 커피를 한 모금 머금고 웃었다.

윤기야.

응?

후회한다고 말해 봐.

…… 미안해.

그런 말 말고 후회한다고 말해.

후회해.

이제 알겠어?

무주는 손으로 입을 가리고 웃었다.

복수야?

널 편하게 대하고 싶어서. 마지막 남은 한 조각 털어낸 거야. 됐어, 이제.

나도 뭐 하나 물어봐도 돼?

무주는 물어봐도 된다고도 안 된다고도 하지 않고 조각난 쿠키를 입에 넣었다.

그동안 내가 애썼지만 끝내 못 찾은 건 이유야. 네

가 날 떠난 이유.

됐어. 의미 없다.

해봐.

뭘?

설명해봐.

무주는 손가락에 묻은 쿠키 가루를 접시에 조심스럽게 털어냈다.

넌 나를 사랑하지 않았잖아. 난 너를 사랑했지만 계속 사랑할 수 없었고.

건조하고 냉랭한 무주의 말이 눌러뒀던 무언가를 건드렸다.

뭐? 네가 다른 사람 생겼다고 일방적으로 통보했잖아. 심지어 넌 내게 말할 기회도 시간도 주지 않았어.

그래서 넌 그때 날 사랑했어? 날 너무 사랑해서 다른 사람 만나겠다고 하니까 막 화가 났어? 기억 안 나? 내가 물었을 땐 넌 아무 말도 안 했어.

화가 안 나겠어? 애인이 다른 사람 만나겠다는데

상식적으로 화 안 날 사람이 어딨어?

상식적으로 생각하지 말고 너.

…….

너라고, 너. 넌 화 안 났잖아. 아니야? 넌 날 사랑
하지 않았거든. 그때 우리가 어떤 사이였냐면 넌 이
관계를 지겨워했고 그래서 늘 곤란해했고 난 그런
너를 계속 사랑해서 수치스럽고 비참했어. 내가 널
떠났다고? 윤기야. 네가 날 떠났어. 그러곤 끝까지
모른 척했지.

화가 났고 답답했다. 억울하고 짜증이 났다. 온갖
말을 쏟아내고 싶었지만 무엇인가가 혀를 붙잡고
놔주지 않았다.

너는 떠나지 않는 방식으로 떠났어. 거부하지 않
는 방식으로 거부했고. 내가 필요하다고 말하면서
도 원하지는 않았지. 너와 있으면 항상 척력이 느껴
졌어. 멀리 있을 땐 인력이 느껴졌는데 가까워지면
더 가까이 다가오지 못하도록 밀어내는 힘이 느껴졌

어. 바로 곁이 아닌 적당한 거리에 나를 두고 사랑하냐고 묻는 내 말에 너는 아무 감정도 없이 기계처럼 말하곤 했지. 알면서 그래.

아냐. 절대 아니야. 사랑했어. 사랑했다고. 막 서로 원하고 뜨겁고 그런 것만 사랑은 아니잖아.

아니. 갈 수 있는 곳까지 가고 엉겨붙을 수 있을 때까지 붙는 게 사랑이야. 힘들까 봐 적당히 관두고 부서질까 봐 거리 두는 게 아니라.

아니야. 난 그렇게 생각하지 않아. 어쨌든 우리 사이를 끝낸 건 너야. 내가 아니라.

순간 무주의 눈에 증오의 빛이 반짝였다가 빠르게 사라졌다.

넌 끝까지 그래. 이미 선택을 해놓고 그 선택을 남에게 맡기곤 하지. 넌 내가 너를 버리기를 바랐어. 그러면 죄책감이 줄어들 테니까. 어쩌다 갈등이 생겨 관계가 어렵다는 말을 꺼내면 너는 이렇게 말했지. 나는 원치 않지만 네가 원하면 그렇게 해. 너의 선택을 남이 하도록 강요하지 마. 그게 얼마나 거지 같은 기분인 줄 알아? 너는 원치도 않으면서 나 스스로 원하게 하고 말하게 하고 행동하게 하는 거. 그러면서 너는 사람의 마음을 너무 잘 아는 듯 소설을 읽고 영화를 보고 시나리오를 썼어. 읽을 때마다 얼마나 섬뜩했는지 알아? 이렇게 사람의 내면을 잘 들여다보는 사람이 연인의 마음을 모른다고? 아니. 넌 알았어. 알면서 이 상태를 방치하고 있었던 거야. 비겁한 새끼.

내내 차분하게 말하던 무주의 말끝이 갈라졌다. 창문 밖이 미명으로 푸르게 밝아졌고 잠에서 깬 새들이 우는 소리가 들렸다.

그땐 너도 나도 바빴고 정신이 없었잖아. 우리가 막 사귄 커플도 아니고 약간의 권태기 같은 것도 있었을 테고……. 그래도 그동안 만났던 시간도 있고 안정적인 믿음 같은 것도 있었잖아.

횡설수설했다. 꼬이고 더듬고, 엉망진창이었다.

내가 원한 건 그런 게 아니었어. 원한다는 느낌이 필요했어. 느끼고 싶었어. 누군가가 나를 원하고 있다는 그 생생한 느낌을. 그 시절 남편은 나를 원했어. 나는 그를 원하지 않았지만 어쩌면 앞으로도 그가 나를 원하는 것처럼 원할 수 없을지도 모르지만 적어도 그땐 그게 필요했어. 그래도 난 너를 원했어. 다른 사람이 날 원해서 네가 주지 못한 것을 채워주는 그 순간에도 난 너를 계속 원했다고.

화가 났다. 맞는 말이라서, 무주의 말이 너무 다 맞는 말이라서. 머리가 돌아버릴 정도로 화가 났다.

관둬. 이런 이야기 듣자고 스위스까지 온 게 아니야.

나도. 네가 이런 이야기 할 줄 알았다면 안 만났을 거야.

내가 완전히 쿨 하길 바랐어?

무주는 고개를 저었다.

쿨 하길 원했어?

아니.

그럼 뭐야?

생각도 안 했고 원하지도 않았어. 그런데 네가 징징거리니까 짜증 나. 약간 고소한 것도 같고.

한동안 아무 말도 오가지 않았다. 깊은 잠에 빠져든 유나의 숨소리가 들렸고 호흡을 고르는 무주의 숨소리도 들렸다. 난 중얼거렸다.

우리가 어쩔 수 없다고 서로 포기해버린 그 감정과 마음에 대해 얘기했다면, 어쩔 수 없었던 것은 바뀌었을 거야.

무주가 웃었다. 그러고는 힘없는 표정으로 나를 한참 물끄러미 바라본 뒤 손으로 내 어깨를 툭 때렸다.

웃긴다. 네가 가장 많이 한 말이 뭔지 알아? 사람은 안 바뀌어. 어차피 다 끝은 있어. 애쓰지 말자. 어쩔 수 없는 건 어쩔 수 없어……. 바뀌었을 거라고? 그걸 가장 믿지 않았던 사람이 바로 너야.

무주는 의자에서 일어나 거실 창문을 열고 찬장에서 마른 과일과 홍차 티백을 꺼냈다. 전기 포트에 물을 붓고 버튼을 눌렀다. 고요 속에서 물 끓는 소리가 점점 커졌다.

미색의 도자기 잔 속에 담긴 뜨거운 물이 홍차를 우려내는 모습을 지켜봤다. 김이 올랐고 향이 번져 나갔다. 무주는 창을 향해 의자를 돌리고 앉아 푸른 담요를 어깨에 두른 채 바깥을 봤다. 방금 구조당한 사람처럼 지치고 멍한 모습. 무슨 말이라도 하고 싶었는데, 무슨 말이라도 해주고 싶었는데, 아무 말도 할 수 없었다. 무주가 등 돌린 상태로 말했다.

너무 미안해하지 마. 나도 너한테 미안한 거 없어. 그때의 난 여기 아닌 다른 곳으로 가고 싶었어. 이것 아닌 다른 것을 갖고 싶었고. 그동안 애썼던 노력들과 마음들이 아무리 노력해도 자꾸 후회되고 실패한 것만 같고 그랬거든. 글을 쓰고 싶었지만 그런 글은 쓰고 싶지 않았어. 책을 읽고 싶었지만 그런 책은 안 읽고 싶었어. 내가 간절히 원했고 사랑했던 것들은 너를 포함해 모두 나를 떠나는 것만 같았지. 그게 무서웠어. 점점 견디기가 힘들었고. 절절매고 싶지 않았던 것 같아. 불안하고 싶지도 않았고 다른 사람으로 살고 싶었어. 다른 시간 다른 공간에 있고 싶었어. 나 이제 깜깜하면 못 자. 이상하지. 예전엔 밝으면 못 잤잖아. 남편에겐 유나가 무서워할까 봐 취침등을 켠다고 했지만 사실은 내가 무서워서 그래. 정말 이상하지. 옛날엔 깜깜한 방에 누워 있으면 부드러운 흙속에 파묻힌 기분이 들어서 좋았는데.

무주는 차를 마시고 또 마시고 한참 그렇게 있었다. 지금 나는 무주가 말한 옛날의 그 깜깜한 방에 누워 있다. 무주는 깜깜한 어둠 속에서 나를 만지고 노는 것을 좋아했다. 간질이고 깨물고 쓰다듬었다. 땅속을 탐험하는 기분이 든다고 했다. 부드러운 흙속에 길을 내며 깊게 파들어가는 벌레의 마음을 알

것 같다고 했다. 어두울 때만 열리는 방이 있다고 했
다. 무주의 마음도 옛날의 그 깜깜한 방에 가 있는
걸까. 무주가 말했다.

가끔 그때가 그리울 때가 있어.

내가 재워줄까?

하지 마, 멍청아.

잠만 자는 건데 왜? 그냥 의자나 거울이나 옷걸이
랑 함께 있는 거랑 뭐가 달라.

무주는 감정을 알 수 없는 묘한 표정으로 웃더니
말했다.

너 그거 병이다.

무슨 병?

오래전 감정으로 돌아가는 병. 그거 걸리면 인생
망하는 거야. 그건 그렇고…….

무주는 탁자 밑에서 뭔가를 꺼내 탁자 위에 올렸
다. 최근에 쓴 내 원고였다. 곳곳에 연필로 줄이 그어
져 있었고 빈 곳에 깨알 같은 메모가 있었다.

궁금해서. 어젯밤 읽어봤어.

나는 내가 쓴 것을 말없이 바라봤다. 정확히 말하면 무주가 체크한 것들을 봤다. 옛날에 썼던 것들, 마침내 영화로 만든 것들, 다 무주가 읽어준 것들이다. 이상해, 라는 한마디에도 나는 시나리오를 고치거나 아예 버리고 다시 썼다. 영화제에서 상을 받은 단편 역시 무주가 아니었다면 모두들 좋다고 했던 엔딩을 그렇게 처리하지 않았을 것이다.

잘 읽었어. 좋았고.

무주는 말했고 나는 그 말을 들었다. 어떤 말은 잊지 않도록 따라 했다. 혀끝에 새겨지도록 따라 하고 또 따라 했다. 창밖은 아침을 향해 밝아오고 있었고 무주는 한 문장 한 문장 에피소드 하나하나 다 피드백을 해줬다. 이 부분 좋았어, 이 장면 정말 좋았어, 여긴 약간 어색하다, 라는 그 말이 나는 좋았다.

무주는 원고를 들어 내게 줬다. 그리고 나서 손등에 붙은 밴드를 뜯어내 찢어져 너덜거리는 페이지의 한쪽 귀퉁이를 단정하게 붙여줬다. 환하게 웃는 미키마우스.

처음 여기 왔을 땐 적응이 안 됐어.

무주는 손등의 하얀 흉터를 손가락으로 가렸다.

외롭기도 했고 지치기도 했어. 인정하고 싶진 않지만 한국이 그립기도 했고. 음식도 너무 그립고. 마갈이 너무 먹고 싶었지만 그건 마갈에서만 먹어야하니까 불가능했지. 한국식 치킨이라도 먹어보려고했어. 남편은 말은 안 했지만 굳이 그렇게까지 먹어야겠느냐는 눈으로 조용히 닭을 손질했어. 내가 토막 난 닭에 반죽옷을 입혀 뜨거운 기름에 집어넣었는데 그때 기름이 손등에 튀고 말았어. 남편은 내 손에 붕대를 감아준 뒤 무서운 표정으로 끓는 기름을 그냥 개수대에 부어버리더라. 그 후론 굳이 뭘 해 먹으려고 하지 않았어. 마음이 어둡고 뭔가 견디기 힘들어지는 순간이 오면 손등 흉터를 강박적으로 긁어댔지. 피부가 붉게 변하고 때론 핏물이 맺히는 날도 있었는데 통증조차 느껴지지 않았어. 그러던 어느 날 유나가 내 손목을 붙잡더라. 그러더니 반창고를 붙여줬어. 겨우 세 살밖에 안 된 애가 엄마를 걱정해서……. 한참이 지났는데도 유나는 지금도 항상 밴드를 붙여줘.

무주는 손등의 하얀 흉터를 손으로 쓸어내렸다. 나는 그 손을 봤다. 무방비하게 힘없이 꺾인 마른 손. 손을 넣어 깍지를 끼고 꼭 쥐고 싶었다. 방으로 데리고 가고 싶었다. 창문을 닫고 커튼을 내리고 바닥에 눕혀 잠들 때까지 머리를 쓰다듬어주고 싶었다. 눈이 감길 때까지 작은 소리로 무주의 귓가에 수다를 떨고 싶었다. 잠든 무주에게 하고 싶은 말, 하려 했던 말, 그리고 꿈에서 봤던 것들, 뒤늦게 기억났던 것들, 슬펐던 것들, 서운했던 것들……. 아무튼 느끼고 기억나는 모든 것들에 대해 말하고 싶었다. 그래서 그랬어. 그럼에도 불구하고 그랬어. 말하고 싶었다. 그러고 싶어서, 그럴 것 같아서, 손끝이 덜덜

떨렸다. 무주는 지금 내 마음이 들릴까? 무주는 듣고 있다. 듣고 있다는 것을 내가 분명히 알고 있다. 그런데도 나는 그렇게 말하지 못하겠다. 그런데도 나는 그렇게 하지 못하겠다. 비겁한 새끼. 무주가 먼저 손을 잡아줬으면 그렇게 했을 거면서 끝까지 먼저 잡지는 못하는 세상 비겁한 새끼. 입속에서 온갖 말이 버글거려서 거품이 인 것처럼 불편하고 힘들었다. 무주가 말했다.

아, 마지막으로 하나만 더. 넌 핵심 장면에서 해야 할 말을 못 하고 있어. 그 말을 안 하면서 빙빙 돌리고만 있잖아. 사실을 쓸 필요는 없지만 진심은 말해야지. 쓰지 않으면 읽어낼 방법이 없어.

말을 멈추고 음, 소리를 내며 무주는 말을 골랐다.

그냥 써. 걱정 말고.

나는 고맙다고 했고 무주 역시 고맙다고 했다. 우리는 시시콜콜한 이야기를 했다. 옛날 사람들, 우리가 함께 아는 사람들에 대해, 그들의 안부와 그들의

생사에 대해 말했다. 능력 없이도 잘나가는 박 감독
과 비열한 최 감독과 글 더럽게 못 썼지만 지금은 최
고로 잘나가는 시나리오 작가 반열에 오른 이 작가
에 대해 말했다. 무주가 함께 화내주고 욕해줘서 너
무 좋았다. 시원하고, 마음에 얹힌 게 쑥 내려가는
것 같았다. 나는 무주에게 묻고 싶었다. 뭐가 고맙냐
고. 하지만 물어선 안 될 것 같았다. 더는 말하면 안
될 것 같았다. 무주는 너무 피곤해 보였다.

나 잘게.

그래. 잘 자.

맞다. '세계의 호수'가 아니라 '세 개의 호수'래.

아, 드라이 바이에렌! 그렇게 말해야지. 난 또. 거
기 좋지. 일어나면 같이 갈까?

나는 고개를 끄덕였다. 무주가 피곤한 얼굴로 희
미하게 웃으며 나를 향해 손을 쭉 뻗었다. 나는 그
손을 잡았다. 무주는 나를 끌어당겼고 나는 무주가
당기는 만큼 무주에게 가까워졌다. 나는 살짝 몸을

숙여 의자에 앉은 무주와 높이를 맞췄다. 무주가 내 어깨를 감싸 안아줬다. 무주의 오른쪽 귀와 내 왼쪽 귀가 닿았고 우린 잠시 창밖을 바라보며 가만히 있었다. 완전한 아침. 태양이 산 위로 금방이라도 찬란하게 나타날 것만 같았다. 무주가 말했다.

　잘 자자.

　너도.

5.

세 개의 호수. 시내가 한눈에 보이는 높은 지역 숲
속 한가운데 넓고 맑은 호수가 세 개나 숨겨져 있는
것이 신기하고 신비로웠다. 사람들은 옷을 벗고 풀
밭 위에 누워 살을 태우고 음악에 맞춰 춤을 추고 나
무 그늘 밑에 앉아 책을 읽고 벤치에 앉아 그림을 그
렸다. 연인들은 입을 맞췄고 아이들은 수영을 했다.
청년들은 맥주를 마셨고 노인들은 코끝에 안경을
걸치고 포커를 쳤다. 우리는 피크닉 매트 위에 앉아
점심을 먹었다. 샐러드는 신선했고 파스타는 맛있었
다. 반으로 나눈 빵에 삶은 소시지를 끼워 먹는 것도
훌륭했다. 유나는 말 모양 튜브를 타고 계속 수영을
했다. 나도 반바지만 입고 호수에 들어갔다. 처음엔

그냥 지켜보기만 하려고 했는데 유나가 말을 안 듣고 호수 한가운데까지 들어가는 바람에 어쩔 수 없었다. 무주와 눈이 마주쳤는데 무주가 부탁한다는 얼굴을 하고 커다란 선글라스를 쓴 뒤 책을 펼쳤다. 물은 맑고 시원했다. 유나를 데리고 나오려던 목적을 잊고 튜브를 밀며 호수 외곽을 크게 돌았다. 유나는 튜브를 잡은 내 손가락 두 개를 힘주어 꼭 쥐고는 소리를 지르며 좋아했다. 유나가 무주를 부르며 손을 흔들었다. 무주가 손을 흔들었고 나도 무주를 향해 손을 흔들었다.

한가했다. 여유로웠다. 기이한 평화로움. 처음엔 그들 속에 섞여 있는 게 어색하고 낯설었는데 햇빛에 몸을 말리고 풀밭에 엎드려 있으니 자연스러워졌다. 감각도 무뎌졌다. 소리도 희미해졌고 등에 닿는 햇빛도 느껴지지 않고 바람도 풀냄새도 멀어졌다. 부끄럽지 않았다. 남의 몸을 눈여겨보지 않고 남이 내 몸을 보고 있다는 생각도 없었다. 당당하다는 느낌도 아니고 그렇다고 위축되지도 않았다. 위축된 걸 감추려는 위악도 없었다. 이런 기분을 뭐라고 해야 하나. 암튼, 이런 기분은 처음이었다. 유나가 내 곁에 엎드려 동화책을 펼쳤다. 직접 만든 책이었다. 표지에는 크레파스로 꼼꼼하게 칠한 고양이가 그려져 있었고, 책장마다 왼편엔 그림이 오른편엔 글이 적혀 있었다. 하지만 나는 독일어를 읽을 수 없어 유나에게 읽어줄 수 없다고 했다. 그런데 책장을 넘겨보니 이 책을 어디선가 읽은 것 같은 묘한 기분이 들었다. 화물 트럭 운전기사와 톨게이트에서 일하는 여자와의 사랑 이야기. 언젠가 무주가 썼던 콩트와 같은 설정이다. 톨게이트를 지날 때마다 남자가 여자에게 사탕이나 초콜릿을 주고 여자는 남자의 옆자리에 타고 있던 고양이에게 소시지를 주는 이야기는 느닷없이 고양이가 부스 안으로 뛰어 들어가며 절정에 이른다. 나는 그림을 보며 독일어가 아닌 한국말로 동화를 읽어줬다. 유나는 그림과 내 입술을 번갈아 쳐다보며 집중했다. 나는 동화를 읽다 말고 무주에게 물었다.

그런데 고양이 이름이 뭐였지?

파스칼.

아 맞다. 파스칼.

파스칼의 도움으로 사랑에 빠진 남녀는 하루는 남자의 화물 트럭을 타고 바다를 여행하고, 또 하루 는 톨게이트 갓길에 트럭을 세우고 밤새 노래를 부르고 춤을 추며 해피엔딩을 맞이한다. 유나는 또, 라고 말했고 나는 한 번 더 읽었다. 유나는 또, 라고 말했고 나는 또 읽었고 유나가 또, 라고 말하려고 할 때 무주가 유나에게 돌멩이를 주워달라고 했다. 신이 난 유나는 자리에서 벌떡 일어나 두 눈동자를 반짝이며 풀밭을 뒤지기 시작했다.

무주와 나는 나란히 앉아 음악에 맞춰 춤추는 사

람들을 바라봤다. 중년의 남녀가 둥글게 서서 진지한 표정으로 정체불명의 춤을 추고 있었다. 일상의 어느 오후, 어쩌면 그들에겐 아무것도 아닐 장면을 감상적인 눈으로 보고 싶지 않은데 계속 눈이 갔다. 이상하고 아름다웠다. 이래서 민영 씨가 유럽에서 가장 좋아하는 장소를 세 개의 호수라고 한 걸까?

무주야.

응.

무주의 눈은 돌멩이를 찾는 유나의 뒷모습을 향하고 있었다.

난 너와 다시 연락하고 싶어. 친구처럼 지내고 싶고. 또 난 너와 다시는 연락하고 싶지 않아. 친구처럼도 지내고 싶지 않고. 어떻게 하면 너와 연락하고 친구로 지내기 위해 연락하고 싶지 않은 이유와 친구로 지내고 싶지 않은 이유를 없앨 수 있을까?

무주는 빵을 한입 베어 물었다.

오랜만이네. 그런 말놀이. 그래도 재밌었는데, 네

가 그런 말 할 때……. 남들이 들으면 개소리라고 할 그런 말을 넌 진지하게 잘도 했지. 그런데 그건 불가능해. 그 둘은 붙어 있거든.

그렇지. 알아. 나도 알아. 그냥 해본 말이야. 그냥. 그나저나 뭐가 이렇게 힘드냐. 안 되는 것도 많고. 재밌는 것도 없다.

그런 거 이제 기대하지 마. 난 재밌는 인생 같은 거 이제 바라지도 않아. 질렸다, 질렸어.

무주는 들고 있던 책을 덮고 그 위에 선글라스를 올렸다.

나도 수영하고 싶다. 유나 좀 봐줄래?

무주는 원피스를 벗고 까만 속바지와 가는 끈이 달린 민소매 티셔츠 차림으로 스트레칭을 했다. 나는 무주의 왼쪽 등에 난 흉터를 봤다. 수도 없이 손가락으로 만졌던 부드럽고 맨질맨질한 무주의 살. 구름 한 점 없는 오후의 강한 햇살이 무주 위로 쏟아졌다. 무주는 빛에 젖어 바람에 흔들리는 나무처럼 휘청휘청 걸어 물속으로 들어갔다. 머리까지 쑥 집어넣고 한참 뒤 떠올라 아아아, 소리를 내며 배영을 했다. 그러고는 느리고 꾸준하게 호수 끝까지 헤엄쳐 갔다. 멀리 사라질 동물처럼. 자유롭게. 자유롭게.

* 이탈로 칼비노, 『보이지 않는 도시들』, 이현경 옮김, 민음사, 2007.

질문의 끝에서 다시

이 책은 작가의 말이 필요 없다. 인물의 입을 통해 너무 많은 말을 해버렸다. 그래도 말이란 건 또 할 수 있는 것. 해도 해도 끝이 없고, 해도 해도 끝없이 차오르는 것. 그러다 문득 텅 비게 되는 입속의 작고 둥근 어둠 같은 것.

최근 아름다운 시인과 이야기를 나누다가 이별과 작별의 차이에 대해 생각했다. 나는 말했다.

이별이 같은 세계의 양끝을 향해 걸어가는 거라면 작별은 각각 다른 세계로 걸어가는 느낌이 들어요.

시인이 말했다.

작별은 혼자 간직할 때 쓰는 단어가 아닐까요?

이별보다 작별이 마지막을 하루 종일 맞이하는 한 인간의 마음을 표현하기에 더 시적이었다고나 할까요?

어쩌면 이별을 작별로 바꾸고 싶은 사람의 마음에 대해 말하고 싶었던 것 같다. 하지만 쓰다 보니 작별을 이별로 바꾸려 애쓰는 사람의 이야기라는 것을 깨달았다. 그러나 슬프게도(다행스럽게도) 작별을 이별로 바꾸는 것은 불가능하다. 바꿀 수 있는 건 이별에서 작별뿐.

그러니까 헤어진 사람에 대해 생각하는 것은 그 사람이 없는 세계에서 작은 책상에 앉아 혼자만 펼칠 수 있는 책 한 권을 갖는 일이다.

소설 한 편을 쓰는 일은 기억 하나와 감정 하나와 마음 하나와 이름 하나와 작별하는 것이 아닐까. 이렇게 한 편씩 쓰다 보면 어느 날 더는 작별할 기억이 하나도 없는 사람이 되는 것은 아닐까. 감출 기억도 없고 쏠 감정도 없고 입에 담을 이름도 없는 그야말로 행복한 사람이 되는 것은 아닐까.

질문의 끝에 질문으로 답하면서 계속 살고 싶다. 이 세계엔 세계의 호수가 없다. 세계의 호수에 가 보고 싶다.

세계의 호수

1판 1쇄 발행 2019년 10월   1일
1판 2쇄 발행 2023년 1월 20일

지은이 정용준
펴낸이 김영곤
펴낸곳 아르테

디자인 석윤이
아르테출판사업본부 문학팀 김지연 임정우 원보람
해외기획실 최연순 이윤경
출판마케팅영업본부 본부장 민안기
마케팅2팀 나은경 정유진 박보미 백다희
출판영업팀 최명열 김다운
제작팀 이영민 권경민

출판등록 2000년 5월 6일 제406-2003-061호
주소 (우 10881) 경기도 파주시 회동길 201 (문발동)
대표전화 031-955-2100 팩스 031-955-2151

ISBN 978-89-509-8321-5 04810
     978-89-509-7879-2 (세트)